U0090375

民國文化與文學研究文叢

十五編

李 怡 主編

第14冊

時代之勢與傳統之道中的郭沫若（下）

陳 俐 著

國家圖書館出版品預行編目資料

時代之勢與傳統之道中的郭沫若（下）／陳俐 著 -- 初版 --
新北市：花木蘭文化事業有限公司，2022〔民 111〕
目 2+142 面；19×26 公分
（民國文化與文學研究文叢　十五編；第 14 冊）
ISBN 978-986-518-972-3（精裝）
1.CST：郭沫若 2.CST：學術思想 3.CST：傳記 4.CST：中國
820.9　　111009887

ISBN-978-986-518-972-3

民國文化與文學研究文叢
十五編　第十四冊　　ISBN：978-986-518-972-3

時代之勢與傳統之道中的郭沫若（下）

作　　者　陳　俐
主　　編　李　怡
企　　劃　四川大學中國詩歌研究院
總 編 輯　杜潔祥
副總編輯　楊嘉樂
編輯主任　許郁翎
編　　輯　張雅淋、潘玟靜、劉子瑄　美術編輯　陳逸婷
出　　版　花木蘭文化事業有限公司
發 行 人　高小娟
聯絡地址　235 新北市中和區中安街七二號十三樓
　　　　　電話：02-2923-1455／傳真：02-2923-1452
網　　址　http://www.huamulan.tw 信箱 service@huamulans.com
印　　刷　普羅文化出版廣告事業
初　　版　2022 年 9 月
定　　價　十五編 21 冊（精裝）新台幣 55,000 元　

時代之勢與傳統之道中的郭沫若（下）

陳俐　著

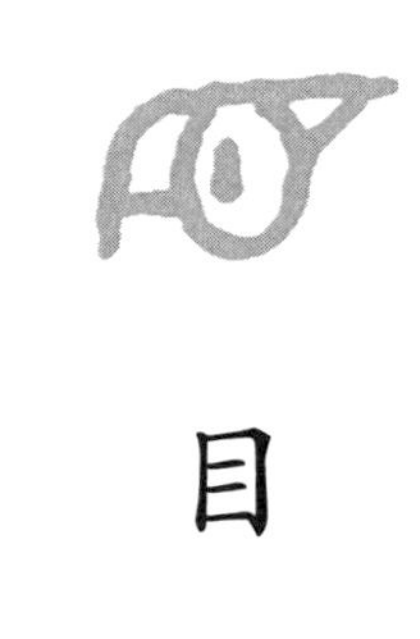

目次

下　冊

多元雜陳與讀者反應

郭沫若文化的混搭風格
與「標出性」歷史

郭沫若是一位具有世界性影響的、橫跨多學科的現代文化巨人；也是與中國現代革命進程聯繫最為緊密的知識分子，後期又是國家在文化方面的重要領導人。郭沫若相對於中國大多數知識分子而言，其獨特性在於，他是百科全書式的通才，是球形發展的天才。天才相遇亂世，往往會演繹出大悲大喜的人生。1935 年，既是文人也曾是中共中央總書記的瞿秋白被捕後在汀州獄中給郭沫若的信中感歎道，「時代的電流使創造社起了化學的定性分析，它因此解體，風化……時代的電流是最強烈的力量，像我這樣脆弱的人也終於禁不起了。」〔註 1〕時代的電流既分解了像創造社那樣的社團，何嘗又沒有分解郭沫若這樣的個體。時代的需求與他的才情與志趣相碰撞，造就了郭沫若性格和人格的矛盾性，造就了他文化創造的豐富性和複雜性。郭沫若其人其文其人生，都構成了奇妙的綜合體。在思想觀念、人格氣質、立身處世等方面時時會顯示出二元對立的矛盾傾向。小到一篇文本，大到不同階段的人生經歷，都可以看出其異質元素雜陳的狀態：邊緣與中心、傳統與激進、個性與集體、精英與大眾、民族與世界、原始與現代、國語與方言、嚴謹的考證與荒誕的想像，老謀深算與赤子童心，小心謹慎與狂放不羈，竟能並行不悖地反映在郭沫若為人處事和行文之中。

僅以郭沫若的歷史劇《棠棣之花》為例，就可以看出其文本的矛盾性，

〔註 1〕瞿秋白：《給郭沫若的一封信》，原載：香港《大風》半月刊第 60 期，1940 年 1 月 20 日。

一方面是的血腥暴力的兵變，一方面是歌舞升平的場景；一方面是妖嬈的民俗，一方面是慷慨的悲歌。雖然是話劇，但又插入了大量歌詠內容，以點化其背景，渲染其氛圍。那些歌詠之詞在形式和內容上可以說濃縮了中國詩歌發展的歷史：成為各種詩歌樣式的試驗場。其中，有仿《詩經》的四言詩、仿《楚辭》的長短句，仿魏晉樂府的五言詩；有典雅的格律詩，也有通俗民歌調，還有現代的自由體白話詩。甚至自己 20 年代所寫的愛情詩和《湘累》的歌詞也雜糅其間。在早期在日本賞櫻時所作的「春櫻一片花如海」的詩歌，僅改動一字，就變成「淫風流行」的桑間濮上之冶遊男女的歌唱。郭沫若在《棠棣之花》劇本後的說明中提到：「特別在言語的歌詠上我是取得了更大的自由的。我讓劇中人說出了和現代不甚出入的口語，讓聶瑩唱出了五言詩，游女等唱出了白話詩。這些假使要從純正歷史家的立場來指謫，都是不合理的」。〔註 2〕但只要能深化其內容，增添藝術效果，作者便不拘一格地大膽採用。

以上一例，便可看出這些相互矛盾的文化因子的糾結，使郭沫若及其留下的文化遺產呈現出混搭風格。其中的矛盾性往往會為不同的時代、不同群體所利用，為後人從不同方面的褒貶臧否提供了各種可能性。但同時又為不同時期、不同利益共同體提供不同的精神資源。郭沫若逝世近三十年來，關於其人其文其人格的爭議烽煙四起，對其論爭的歷史實際上也是政治思想、文化思潮、審美範式的變遷史。在郭沫若研究評價方面，稅海模先生看到了不同群體的「盲人摸象」現象，曾以四種話語形態概括之：主流意識形態話語、學院派話語、自由主義話語和民間草根話語，並概括出不同話語系統的基本特徵和觀點。〔註 3〕但是從文化史的角度，能夠將上述不同的話語系統聯繫起來，在長時段的歷史進程中，尋求它們之間互相的作用，描述在此消彼漲的政治、文化範式變遷的歷程中「郭沫若文化」被接受、被利用的情形，卻還需要恰當的理論模式和方法視角來指導。

近年來，趙毅衡先生將語言學中「標出性」這一術語引申到人文社會科學領域，創造性地提出文化「標出性」概念，以此闡釋文化史演進的特徵。他

〔註 2〕郭沫若：《我怎樣寫〈棠棣之花〉》，《郭沫若選集》第 3 卷（上冊），四川人民出版社，1979 年版，第 142 頁。

〔註 3〕稅海模：《新中國建立以來郭沫若研究話語演化的簡要評述》，《中國現代文學研究叢刊》，2009 年第 4 期。

認為語言學中「標出性」術語，將其運用於任何一種文化範疇，就可以描述處於正項／異項／中項三種文化類型之間的動力性關係。一個時代的主流文化常常被認為是正常的、常態的文化，因此是「正項」；與之相對立的是「異項」，時下所謂「另類文化」即具有「異項」特徵；而游移於兩極的文化則是「中項」，它具有中性的、不確定的特徵。「正項」文化作為一種社會文化常態，往往有一套較為固定的符號體系，「異項」因其與主流文化有著全然不同內容與形式，所表徵的符號體系與「正項」文化具有強烈的反差，因此形成與主流文化大相徑庭的「標出」性特徵。或者「異項」文化為了反抗「正項」文化，會主動的用符號「標出」自己。而「中項」最不穩定，一邊是「正項」對「中項」的控制與引導，一邊是「異項」對「中項」的爭取和利用。因為有了「中項」的介入，三者就形成一種動力性關係。中項偏向哪一方，哪一方就可能互換其對立的位置。「中項」是各種文化關係中最緊要的問題。「中項偏邊」是各種文化「標出性」的共有特徵。一旦「中項」易邊，就會產生「正項」翻轉，與「異項」互換位置的情形。〔註 4〕

上個世紀新文化運動發生之初，那場眾所周知的錢玄同與劉半農的上演的「雙簧戲」，正是「異項」文化主動「標出」的精彩案例。當時的正統文化對正在興起的新文化完全不以為然，以為不過是引車賣漿者流的幾聲哼哼。新文化主將們以主動地「標出」策略，假扮論敵，挑起論爭，「引誘敵人來打槍」，形成與「正項」文化較量之勢態，以爭得「中項」文化群體的圍觀和同情。魯迅以《吶喊》為新文化助威，實際上也是幫助新文化強勢「標出」的一種手段。

文化符號「標出性」理論在某種程度上，建立了一個對文化史進行動態分析的理論模子，運用這一理論模式，既可以分析文化史或文學史的發展變遷的軌跡，亦可以用於文化個體在歷史中升沉浮降地位的描述。郭沫若在不同時期的際遇，正是與這種文化的「標出性」特徵緊密相關。他像一個「變形金剛」，因其時代的需求，扮演了不同的解色：個性反抗的勇士、革命文學的先鋒、抗戰文化旗手、再到自由民主的鬥士，直至國家領導人，最終成為「正項」文化的代言人。由於多面化的角色和身份，在每一個階段，當「異項」文化需要反抗「正項」文化，爭取「中項」文化的同情和支持時，郭沫若往往就可能成為一個「標出性」文化符號。每一個利益共同體都能在他雜駁的文化

〔註 4〕趙毅衡：《文化符號學的「標出性」》，《文藝理論研究》，2008 年第 3 期。

武庫中，找到適合於自己的武器。因此，在新舊交替、鼎故革新的關頭，他及他所創造的文化，就被時代的電流所分解，所選擇，並將其中某些成份進行渲染和放大，作為攻擊正項文化的工具。

五四時期，郭沫若所創作的詩歌本來具有多種風格和情緒雜糅的多元化特徵。以蔡震先生所編《女神》及佚詩》為例，《女神》集中詩 57 首加上 1915 年至 1924 年間的佚詩 97 首，再將這時期的詩集《星空》加在一起看，這些詩歌中，除了大量的自由體詩外，有承襲傳統的舊體詩、有仿西方的十四行詩和詩劇，除了有惠特曼式的豪放和粗暴外，有歌德式的靜穆與典雅，有泰戈爾似的沉思與優美，當然更有傷感和沉鬱之風格。所謂的豪放風格的詩歌，大概占其詩歌總量的三分之一。朱壽桐對這種現象進行研究後，認為：「郭沫若的早期詩歌風格遠非激情澎湃、汪洋恣肆之一種，甚至加上清新明媚、平和幽暗也難以概括詩人最初的多元化詩風的探索；現存於女神中激情澎湃、汪洋恣肆風格，以及清新明媚、平和幽暗風格，都不過是郭沫若在自己早期詩作的基礎上提煉、加工、選擇、純化的結果。」〔註 5〕為了表現「毀滅與創造」的時代精神，以及對現代白話新詩的探索和建構，郭沫若將其中異質元素較多、與當時古典詩歌大相徑庭的白話詩集輯成《女神》發表，以示與「正項」文化的區別和反抗。即便如此，編入《女神》中的詩仍是風格雜糅的。在五四時期這一鼎故革新的時代，不同的讀者在接受這些詩歌時，實際上又進行二次選擇。當時的「異項」文化忽略其《女神》中「歌德式」和「泰戈爾」式的詩歌，專注於「惠特曼式」的那部分詩歌。通過這部分詩歌，郭沫若的反抗、叛逆及其對個性、自由的追求一面被強烈的「標出」。聞一多將郭沫若的詩歌表現的時代精神概括為：動的、反抗的、科學的、世界的、在絕望與消極中掙扎抖擻的等五個顯著特徵。所以他對當時北社編《新詩年選》時偏取了《死的誘惑》作為《女神》的代表之一，感到非常不以為然。〔註 6〕

當五四新文學越來越被大眾認可和接受，而翻轉為時代的正項文化，從而具有非「標出性」時，郭沫若又率先提倡革命文學口號。甚至不惜以極端方式將革命文學與新文學對立起來，以形成新的二元對立格局。為了突出革命的性質，他將文學置於從屬的地位。1923 年，郭沫若《藝術家與革命

〔註 5〕朱壽桐：《郭沫若早期詩風、詩世的選擇與白話新詩的可能性》，《郭沫若學刊》，2008 年第 1 期。

〔註 6〕聞一多：《女神之時代精神》，《創造週報》第 4 號，1923 年 6 月 3 日。

家》中，就明確的表示革命家和藝術家是可以合而為一的，言與行應該統一，「藝術家以他的作品來宣傳革命，也就和實行家拿一個炸彈去實行革命是一樣，一樣對於革命事業有實際的貢獻」。〔註 7〕20 世紀 30～40 年代，當中國共產黨及激進派希望以政治革命、軍事革命的暴力手段推翻舊中國時，郭沫若發表了一系列主張革命和革命文學的《革命與文學》《英雄樹》《桌子的跳舞》等文章。為了配合革命文學，郭沫若除了即時撰寫為無產階級革命代言的詩歌集《恢復》之外，又從 1921 年到 1924 年寫作的詩歌選擇表達革命精神的詩，結集成《前茅》出版。他表達的思想和情緒顯然有助於爭取作為「中項」的大眾群體。時文與詩集配合發表的轟動效應，再加上他以身試革命，成為「戎馬書生」，一個革命和文學合一的文化偶像被強烈地「標出」。

抗戰時期，郭沫若正式開始了他的從政生涯，這是一段國共合作、全民抗戰背景下，不同政見，不同學派大規模參與公共事務的特殊時期。以胡適為代表的一批知識分子以專家身份介入政治。如胡適出任駐美大使、翁文灝出任行政院秘書長，抗戰期間出掌經濟部並兼資源委員會主任委員。清華大學歷史系主任蔣廷黻出任行政院政務處處長，後任駐蘇大使。南開大學經濟學院院長何廉接替蔣廷黻繼任行政院政務處長。燕京大學代理校長周詒春任實業部常務次長、農林部長、衛生部長。清華大學工學院院長顧毓秀任教育部政務次長。傅斯年、任鴻雋、張奚若等一直堅守學術界的知識分子也進入了國民參政會，承擔了重要的公共事務。〔註 8〕在這樣的背景下，郭沫若出任軍事委員會政治部第三廳主任，只是中國這一特殊歷史時期知識分子從政大潮中一朵浪花而已。以他之前的知名度再加上拋妻回國抗戰的悲壯經歷；他的社會影響、組織能力、演講宣傳等才幹，將他推向文化領袖的地位，應該是順理成章的。據不完全統計，從 1939 年 1 月至 1945 年 4 月底，郭沫若公開演講場次達 50 餘次〔註 9〕。至中華人民共和國成立前，郭沫若以「浪漫詩人」,「戎馬書生」,「文化主將」,「革命班頭」、「民主鬥士」等形象，以強烈的「標出性」獲得了大眾的認可，成功地維持了文化偶像的魅力和地位。

〔註 7〕郭沫若：《藝術家與革命家》,《郭沫若全集》文學編第 1 卷，人民文學出版社 1982 年版，第 397 頁。

〔註 8〕章清：《學術社會的建構與知識分子的權勢網絡》,《歷史研究》，2002 年第 4 期。

〔註 9〕苟興朝：《抗戰時期郭沫若宣傳活動綜述》,《郭沫若學刊》，2008 年第 2 期。

中華人民共和國成立後，不管是五四新文化還是革命文化，被主流意識形態以反帝反封建的性質，統統包容在新民主主義時期新文化範疇中。革命文化徹底翻轉成「正項」文化後，在革命現實主義和革命浪漫主義相結合的新模式下，對「中項」文化進行引導和規訓。郭沫若修成「正果」，成為黨和國家在文化方面的領導人，也就是「正項」文化的形象代言人。因此，郭沫若文化研究和宣傳普及活動一開始就是作為社會主義先進文化的一個組成部分，在各級黨政部門的直接指導和參與下進行。主流意識形態在宣傳評價郭沫若時，採用了兩大策略：「懸置」和「提純」。即超越其一般學術研究和文化開發的層面，避開對於郭沫若具體事件和個人品格的糾纏，以及道德人格、美學價值等層面的得失計較，將具體事件及各種爭議懸置起來。將其龐雜的人生和文化遺產總體稱為「沫若文化」，然後以「提純」的方式，不斷對其內涵進行總結闡釋，提煉其精神內核和主導精神，以此參與社會主義核心價值體系的構建和宣傳。

對郭沫若文化精神的普及宣傳，主流文化整體上是以郭沫若逝世後的追悼會上鄧小平的悼詞為基調的。幾任中國科學院院長如李鐵映、胡繩等都發表了熱情洋溢的講話。在紀念郭沫若百年誕辰的重要集會上，胡繩總結說：「郭沫若那種積極進取的創造精神，開放拓新的意識，執著探求真理的熱情和科學求實的作風，對於我們今天說來仍然是非常寶貴和值得學習的。」〔註10〕李鐵映在紀念郭沫若誕辰110週年的集會上發表講話，讚揚郭沫若「是傑出的社會科學家、文學家、卓越的革命活動家」，「他一生追求光明和開拓創新的精神，是中國知識分子最可寶貴的精神財富……。從中國新文化建設出發，引進外來的優秀思想文化成果，促進民族新文化的創造，再走出去，填寫世界文化史的白頁，這是郭沫若給我們留下的又一非常重要的文化啟示。」〔註11〕在郭沫若家鄉四川樂山，幾乎每一次召開的關於研究或紀念郭沫若重要會議，四川省、市主要領導同志都高度重視，出席會議並發表重要講話。在郭老百年誕辰紀念大會上，當時的中共四川省委副書記謝世傑在會上提出：學習和發揚郭沫若的愛國主義精神，善於學習和借鑒人類社會創造的一

〔註10〕胡繩：《踏著一代文化偉人的歷史足跡》，《郭沫若百年誕辰紀念文集》，社會科學文獻出版社，1994年版，第12頁。

〔註11〕李鐵映：《與時俱進，創造中華民族的先進文化——紀念郭沫若誕辰110週年》，《郭沫若與百年中國學術文化回望》，四川人民出版社，2005年版。

切文明成果的精神；積極學習和發揚郭沫若重視發展科學技術的精神。〔註12〕四川省政協副主席章玉鈞先生在「紀念郭沫若誕辰 110 週年」大會的講話中，概括了郭沫若作為中國先進文化的代表者的基本精神。其特徵為：一是有對國家、對人民堅貞不渝的赤子之心。二是有吞吐中西文化的開放心態。三是有終生一以貫之的創新精神。四是有鍥而不捨的開拓精神。並將沫若精神以「開貞、開放、開創、開拓、」概括之。〔註13〕以上各級領導對沫若文化精神實質總括起來，就是創造品格，開拓創新、追求真理、實事求是等幾個方面。

但遺憾的是，這樣的概括和提升由於時限及傳播的範圍，並沒有完全成功地獲得「中項」的文化認同，成為全社會的基本共識。幾十年的高、大、全，假、大、空的文學書寫，由此產生的審美疲勞；改革開放帶來的對優美典雅的生活方式的追求；思想情緒、生活情調的多元化表達；在經濟開放與浪潮裹挾下，人們需要的就是請客吃飯做文章，崇尚的是繪畫繡花似的雅致藝術、提倡的是從容不迫的生活情調，講究的是文質彬彬的禮尚往來。那種粗野、狂放的鬥爭方式早以為人所厭倦。鬥志昂揚的革命文學範式悄然過氣。在 90 年代重寫文學史，重排現代作家座次的熱潮中，「魯郭茅巴老曹」的經典排序被顛覆。革命文學形態的對立面，成為人們欣賞對象。沈從文、張愛玲、林語堂、梁實秋等一批曾被革命文學擠壓的作家作品重新佔據書店最顯眼的位置。革命無聊、造反有罪、躲避崇高，成為這一時期新的審美傾向。

同時，「異項」文化要爭取「中項」文化同情和支持，也理所當然地要選擇主流文化的代表郭沫若作為批判和解構的靶子。為了「標出」自己，他們採用了與主流文化完全相反的策略，即不重宏觀重微觀，不重抽象重具象，不重精神重細節，不重歷史重當下，不重全面重局部，揪住一點，否定全部。比如指責郭沫若曾經在抗戰時期出任國民政府官員，曾經寫過《蔣委員長會見記》；建國後又曾肉麻吹捧毛澤東而質疑他的政治立場；比如用沒有確鑿證據的郭沫若黨籍問題而質疑他的人生信仰；甚至是津津樂道於郭沫若家庭婚姻問題，糾纏於郭沫若與三位夫人的關係，特別放大他的情感生活中各種

〔註12〕謝世傑：《在四川暨樂山紀念郭沫若誕辰一百週年大會上的講話》，《郭沫若學刊增刊》，1992 年。

〔註13〕章玉鈞：《在「紀念郭沫若誕辰 110 週年大會」上的講話》，郭沫若學刊，2002 年第 3 期。

事件，從道德的層面找到突破口，以此解構郭沫若作為「文化旗幟」的正面形象。

20 世紀 90 年代以來，丁東的《反思郭沫若》就是在這樣的背景和心態下出現的。丁東在序中解釋：「僅僅是對以前國內出版的各種研究、評價郭沫若的書籍作一次拾遺補缺。因此，本書編選的基本上都是反思郭沫若的悲劇和弱點、對郭沫若進行學術商榷的文章，讚揚郭沫若成就的文字本書基本上沒有收入。」〔註 14〕這說明丁東並不是沒有意識到郭沫若研究評價中的正負兩方面的觀點，但採用了這樣的編排，實際上起到了「標出」郭沫若「不道德」的一面，以顛覆其「革命」形象的效果。

就在《反思郭沫若》出版的這一年，尤九州、林亦梅在《徐州教育學院學報》發表《郭沫若的人格問題》，緊接著在這篇文章的基礎上又編成《我看郭沫若》，於 2003 年由香港天馬圖書有限公司印行。此書對郭沫若的人格問題進行了全面的質疑。本來上述文章與著述由於傳播渠道的關係，在大眾讀者中的影響及其有限，但《郭沫若的人格問題》一文被改換成《郭沫若的五大人格問題：整個一生幾乎等於零》帶有明顯傾向性的標題（網上文章沒有作者署名），在各種網站上長時間的轉載。有一段時間，由百度搜索相關條目共 16100 條，筆者耐心查完前 100 條，90%為尤九州文章的全文轉載或摘選。特別是 2007 以來，全國各大網站轉載持續的時間之長，頻率之密和範圍之寬，在網絡涉及到中國現代作家的論爭中是首屈一指的。以致於在「百度」的提問中，有人發問：「郭沫若是一個怎麼樣的人，為什麼郭沫若吧裏 90%以上的人都罵他」。

21 世紀以來，由於網絡傳媒的迅猛發展，傳統的紙質文本傳播無論是速度還是範圍，都已遠遠落後於網絡。「倒郭派」與「黑郭派」（網絡用語）利用這一傳媒優勢，顯然成功地主宰和引導了網絡輿論。影響了大眾讀者對郭沫若的基本看法。許多網友特別是青年人對郭沫若的所知幾乎就是從網上看到的這些輿論，一位網名為「錢老賠股老套」的網友感歎這些轉載文章的狂轟爛炸，使很多網友形成了先入為主的固定看法。「可見思想傳銷的洗腦功能有多強大了」。

「異項」文化通過網絡釋放出的逆反心理，影響到社會整體對郭沫若的一般性看法，在民間老百姓的心中，郭沫若是一個類似於唐伯虎的「流氓才

〔註 14〕丁東：《反思郭沫若・編後記》，作家出版社，1998 年版。

子」。或者被神話為「文曲星」下凡，由仕而士的成功典型。社會輿論還導致大學生和中學生在未接觸郭沫若其人其作之前，就形成種種閱讀的先見和偏見。在大學中文系「中國現代文學」專業基礎課的授課中，老師往往輕描淡寫地將郭沫若帶過，而學生則是不屑一顧。正如一位同學寫下了接受郭沫若的心理基礎：

> 中國是貶官文化，人們（讀者）總是同情那些時運不濟，命運多舛的文人騷客，感歎他們的理想抱負得不到實現，於是寄情於山水，或隱逸，或超脫，其實他們最初的目的也是出仕，得不到重用，才發憤著書，以求解脫的。郭沫若的成功人生，在某種程度上，反而招致了人們對他的苛求。
>
> 隨著時代的變遷，我們早已無法體會當年的青年的激情和夢想，我們這一代人對歷史的幾分隔膜，幾分無知，幾分逆反。造成了對郭沫若的很多偏見。〔註15〕

一位同學在作業中這樣反思：

> 我認為這門課（指作者所在的高校開設的校本課程「郭沫若研究」）帶給我的最大收穫，並不是關於郭沫若的具體知識，而是一種面對人，面對事物的整體態度。一直以來，我們中的很多人都不喜歡郭沫若，甚至以這種「不喜歡」為榮。當我們說著輕蔑的言語，臉上露出不屑的表情時，又有多少人真正地以一種理性、客觀的態度去閱讀和理解郭沫若呢？即使拋開中文系專業學生這樣的身份，先不說我們應該有一種怎樣一絲不苟、踏踏實實的專業態度，就是作為一個普通人，怎麼可以這樣隨便對自己不瞭解的人和事妄加評論呢。這是一個話語自由的時代，所以就可以濫用自己的話語權突顯個性，愈來愈為「另類而另類」嗎？〔註16〕

因此，在時代發展變化，政治鬥爭、文化多元交織的歷史進程中，僅僅依靠幾次紀念活動，抽象出沫若精神來引領廣大民眾的價值觀和審美觀，雖然是非常必要的，但還是很不夠的。筆者認為，還應該從以下三個層面來研究郭沫若文化：

一是堅持實事求是的原則，在歷史的客觀語境中，探究事實，還原歷史

〔註15〕引自山師範學院漢語言文學專業2004級本科尹鄧敏同學的作業。
〔註16〕樂山師範學院漢語言文學專業2004級本科曾宇同學的作業。

真相，盡可能接近郭沫若的本來面目，正如馬識途先生所強調：第一要有歷史唯物主義的實事求是的觀點，知人必須論世；第二要把郭沫若從「神」和「鬼」的形象中解脫出來，還他一個「人」的本來面目。因此，一方面利用各種檔案文獻、人物回憶等原始的材料來揭開歷史之謎，另一方面，借助理論方法，發現更多的觀察和闡釋角度，立體地評價郭沫若文化。

第二，僅僅從歷史的維度研究郭沫若及其文化遺產也還不夠。還需要回答一個根本性的問題：郭沫若文化究竟是否具有當代審美價值，或者說，郭沫若文化中是否包含著能夠留傳下來的「永恆性」特質，是否能真正成為永遠前進的社會主義先進文化的組成部分。

第三，還需要從學者圈子中自娛自樂式研究中走出來，將研究成果實際運用於公共文化的建設，充分挖掘沫若文化的多種思想意蘊、多種文化因子，以人民大眾喜聞樂見的藝術形式，運用於普及宣傳，以適應和滿足新的時代、新的讀者多元的審美需要，充分說服和影響「中項」文化群體，以避免產生「中項」易邊，「正項」翻轉的後果。

郭沫若：在文學與政治背後的醫學眼光

郭沫若評魯迅的大量言論中，最中肯、最精闢的莫過於在《契可夫在東方》一文中的見解，他特別注意到了魯迅和契訶夫相似的醫學經歷：

> 他們都是研究過近代醫學的人，醫學家的平靜鎮定了他們的憤怒，解剖刀和顯微鏡的運用訓練了他們對於病態與癥結作耐心的無情的剖檢。他們的剖檢是一樣犀利而仔細、而又蘊含著一種沉默深厚的同情，但他們卻同樣是只開病歷而不處藥方的醫師。
>
> 這大約是由於環境與性格都相近的原故吧。兩人同患著不可治的肺結核症而倒下去了，單只這一點也都值得我們發生同情的聯想。這種病症的自覺，對於患者的心情，是可能發生一種同性質的觀感的。內在的無可如何盡可能投射為世界的不可救藥。就這樣內在的投射和外界的反映，便交織成為慘淡的、虛無的、含淚而苦笑的詩。〔註 1〕

從醫生的角度對魯迅精神的概括和理解：使郭沫若過濾了意氣用事的雜質，避免了情感的偏見。這使我們也得到一個啟示，對郭沫若的評價，是否也可作如是觀呢？中國現代史上有大量被我們稱作「文學家」的人，其實並不一定以文學為職業，但是因他在文學方面的成就被人稱為「文學家」後，其身份似乎固定於此，其評價視角和標準也就成為定見，而本來擁有的其他

〔註 1〕郭沫若：《契訶夫在東方》，《沫若文集》第 13 卷，人民文學出版社 1963 年版，第 168 頁。

身份則被遺忘。郭沫若先是棄醫從文，爾後又治學，又從政，但最早因文學而成名，所以後來的評論者一直津津樂道於文學家的郭沫若，而或多或少地忽略了他其他身份。長此以往，定見則變成偏見。

一、作為「醫科醫生」和「病人」的郭沫若

郭沫若曾對於自己常被人稱為「××家」，感到很無奈，在離開上海到日本避難之前，他在日記中寫道：

> 安娜買回高畠的《資本論》二冊，讀《商品與價值》一章終。——內山對她說「很難懂，文學家何必搞這個」。我仍然是被人認為文學家的。〔註2〕

顯然，當時已經拿起了槍桿子的郭沫若對別人將他看成一個「筆桿子」很不以為然。雖然後來關於郭沫若是「××家」的說法又大大增加。但單純將他簡化成「××家」，確實無助於我們理解這個中國現代史上少有的奇才。而大量的頭銜中，人們恰恰遮蔽了他作為醫生的事實。從 1914 年 7 月東京一高醫科預科到 1923 年 3 月從九州帝國大學醫科畢業，以 10 年的時間，在日本學習了一系列自然科學課程，接受了嚴格的醫學訓練。郭沫若回憶道：

> 在醫科開始的兩年很感興趣，那時所學的可以說是純粹的自然科學，人體的秘密在眼前和手底開發了。我自己解剖過八個屍體，也觀察過無數片的顯微鏡片；細菌的實習、醫化學和生理的實習，都是引人入勝的東西〔註3〕

郭沫若棄醫的直接動因首先是因為身體的疾病影響，而不像人們常說的完全是出於文化啟蒙的宏大目標。17 歲那年，由於重症傷寒導致中耳炎，嚴重地損傷了他的聽力。1928 年，他又一次患上很嚴重的斑珍傷寒，聽力再一次嚴重受損。他的病「在醫學發達的國家本是容易治好的一種病態，然而因為我是生在中國，結果是成為了半聾。」〔註4〕這樣的悲劇落在郭沫若這一個體身上，具有一種荒誕性：因為中國醫學的不發達，而落下耳疾；又因為耳目疾，使他無法以醫生的身份去改變醫學落後的狀態。

其實當郭沫若放棄醫生這一職業，開始歧路人生時，並不是輕而易舉的。

〔註2〕郭沫若：《離滬之前》，《郭沫若日記》，山西教育出版社，1998 年版，第 51 頁。
〔註3〕郭沫若：《學生時代》，人民文學出版社，1979 年版，第 11 頁。
〔註4〕郭沫若：《學生時代》，第 326～327 頁。

醫生本是一個既利己（有穩定的經濟收入）又利它（能治病救人）的職業。多年後，他冷靜地回顧自己的醫學生涯時，認為醫學「是對於人類幸福最有直接貢獻的一種科學」〔註 5〕。而文學創作則是一個「覺他」（啟蒙國民，治病救國）的事業，棄醫從文，意味著十年苦讀的黃金歲月全部付之東流，意味著他將過著飄流不定的生活，而且「物質上的生涯也就如一粒種子落在石田，完全沒有生根茁葉的希望了」。1919 年夏天，郭沫若曾向富子談了想改入文科的想法，佐騰富子曾回憶當時的心情：「沫若當時聽到苦著臉說：我的耳朵不好，用聽診器是很討厭的！這句話一直打到我的心底，我聽後頓時吃了一驚——不要堅執地反對他罷！」當安娜認識到丈夫的耳疾終究不適合從事這一職業時，則順從了丈夫的選擇。〔註 6〕對郭沫若而言，他何嘗不願意求得穩定的收入來養活家人，但魚和熊掌不可兼得，他的本能愛好以及關於「治病救國」的民族想像，更讓它難以釋懷，在那個追求崇高的時代，「掃天下」畢竟比「掃一屋」更值得付出。所以當他臨畢業之際，收到國內寄來的請帖，欲以三千日元聘為醫生，堅決予以拒絕。〔註 7〕家中寄來三百元，囑回四川，就職於重慶一家紅十字會醫院，郭沫若也堅決放棄了。

當然，郭沫若對文學的強烈興趣以及對於社會改革的強烈意願也是他棄醫從文的重要原因。學醫期間，面對著解剖室裏毫無血肉的屍體，他的幻想向「人性」和「民族性」兩個向度展開：一是將想像、夢幻大量地引進小說。如最早構思的小說《骷髏》，其基本情節完全是集浪漫、驚悚、言情為一體的愛倫坡式小說。二是東亞病夫的民族想像，因為外族人將中國看成是「東亞病夫」，甚至中國人自身也以「恨鐵不成鋼」的心態，憤激地承認自己「是東亞病夫」，《孽海花》的作者曾樸乾脆就將自己筆名取名為「東亞病夫」。這樣的疾病隱喻刺激著郭沫若，在顯微鏡下，它構思了反殖民侵略小說《牧羊哀話》。在冰冷的解剖室中，他吟誦出了熱血沸騰的詩歌：

> 解剖室中
>
> 解剖呀！解剖呀！快快解剖呀！
>
> 快把那陳腐的皮毛分開！

〔註 5〕郭沫若：《學生時代》，第 325 頁。

〔註 6〕佐騰富子：《懷外子郭沫若先生》，轉引自：靳明全《文學家郭沫若在日本》，重慶出版社，1994 年版。

〔註 7〕參見龔濟民、方仁念：《郭沫若年譜》上，天津人民出版社，1982 年版，第 108～109 頁。

快把那沒中用的筋骨離解！

快把那污穢了的血液驅除！

快把那死了的心肝打壞！

快把那沒感覺的神經宰離！

快把腐敗了的腦筋粉碎！

分開！離解！驅除！打壞！宰離！粉碎！

快！快！快！

快唱新生命的歡迎歌！

醫國醫人的新黃岐快要誕生了！〔註8〕

雖然棄醫從文，但郭沫若從心底裏並不輕視醫學，20世紀30年代後，當冷靜而客觀地回顧自己的醫學生涯時，認為醫學「是對於人類幸福最有直接貢獻的一種科學」，道出「我研究科學正想養成我一種縝密的客觀性，使我的意志力漸漸堅強起來，我研究醫學是更對於人類社會直接盡我一點地於悲苦的人生之愛憐」，〔註9〕並很自信地說：「我是尊重醫學的，我是瞭解醫學的。我的關於醫學方面的知識，比我所知識的其他方面的東西，都要有根底一些。」〔註10〕而且，他尤其嚮往「我要當臨床醫生時，一定要專修小兒科，因為小兒是新鮮的一代，小兒的病都不能因小兒負責」。〔註11〕1940年，郭沫若先生通過川籍著名作家沙汀先生轉贈成都市著名兒科醫生陳序賓先生一幅行草單條〔註12〕，原文無標點，內容如下：

近代醫術中余最心醉於小兒科頗覺聖者風度小兒患病非由自得而又不能詳述其痛楚必須細心體貼方能究其癥結兒科醫中知此意者殆鮮。

序賓先生

郭沫若

〔註8〕郭沫若：《解剖室中》，《時事新報．學燈》，1920年月1月22日。

〔註9〕郭沫若：《論國內的評壇及我對於創作上的態度》，《沫若文集》第10卷，人民文學出版社，1959年版，第106頁。

〔註10〕郭沫若：《贊天地之化育》，《郭沫若全集》第19卷，人民文學出版社，1992年版，第327頁。

〔註11〕郭沫若：《贊天地之化育》，《郭沫若全集》第19卷，人民文學出版社，1992年版，第326頁。

〔註12〕陳序賓在新中國成立後被評為成都市特等勞動模範，於1983年去世。此幅書法作品由其子陳先澤披露於世。

失之桑蠶，收之東榆。他後來在多個領域的多個方面的巨大成就，都和他作為醫生和病人的雙重身份有關。耳疾對於一個文學家而言，倒不是怎樣的壞事。因為耳疾，聽不到外在世界的聲音，他少了些外在干擾，可以直接地退回內心，捕捉思維和想像的世界；另一方面，他又熱烈渴望著表達自己，希望別人聽到自己的聲音，他不僅在文章中表現出非常激情的狀態，在演講中更是充滿著狂暴恣肆的吶喊。在某種程度上，身體的缺陷導致他靈魂的迷狂。外界的無聲，使他對聲音充滿著幻想和崇拜。他的我行我素，他的任性而為，他不在乎別人的反應，而毫無顧忌地表達自己純粹的感受。可以說，身體的殘疾反而助長了他的浪漫天性和直覺思維。

而醫學方面的嚴格訓練，又培養了郭沫若理性思維和科學精神。在日本系統和漫長的職業訓練不可能不影響郭沫若世界觀和思維方式。而這兩者的結合，使郭沫若擺脫了「秀才造反，十年不成」的中國傳統文人的弊端，成就他敢於實踐、勇於探索的品格。成就了他向多個領域探索的球形天才。那怕就在文學領域中，我們也看到醫學知識和科學思維使作者的文學創作獲得多維視角，帶給他創作時在題材選擇和主題意蘊的獨特性，在早期創作中，「疾病」成為他小說的主要題材和背景。

作為醫生和社會改革家雙重身份的郭沫若，他尤其注重從病理學和社會學的角度去關注疾病的發病機制與其社會環境原因。在郭沫若小說中，對疾病，特別是對在中國和四川普遍流行的肺結核的描寫比比皆是，它真實地反映 20 世紀初人們生活的社會環境。自從 1882 年德國科學家羅伯特．科赫宣布發現了結核桿菌，肺結核被確認為主要是由人型結核桿菌侵入肺臟後引起的一種具有強烈傳染性的慢性消耗性疾病，其常見臨床表現為咳嗽、咯痰、咯血、胸痛、發熱、乏力、食欲減退等局部及全身症狀。人們發現，病菌的傳播與居住環境有很多關係，比如結核病菌容易在陰暗潮濕的地方生長繁衍，因此，貧民窟的環境往往就是肺結核傳播的高發地區，還有肺結核的傳染往往在人口密集的地方更甚，因此人口密集的城市更容易爆發流行性疾病。另外，有些病與營養不良有關，因此貧窮也就更多導致肺結核的衍生。疾病的傳播與社會衛生保障系統健全與否有非常大的關係。因此從社會學的角度探討發病機制與對疾病的控制，也就自覺或不自覺成為人們關注的焦點。

1921 年，在日留學的郭沫若接到家信，得知家中親屬病歿，郭沫若去信以專業的醫學知識分析並指導：

> 三姐的鳳泉侄女不料長到了十七歲竟致夭折，讀信不禁淒然。…鳳泉侄女得的怕是肺病。我家大伯和九嬸，都因肺病結核，此肺結核的微菌竟隱伏於吾家而未根絕。從前，前王氏五嫂也正是受此傳染。兒想我家中各間房屋均宜消毒才行。凡大伯與九嬸所住過的房舍，尤宜嚴行消毒。不然在我家中會遺害於無窮，真是可怕。〔註 13〕

在郭沫若的家族中，不僅有他在這封信中提及的上述親屬，還有他的麼弟郭翊昌，九嬸家的女兒楊二妹，都是因肺病而死。故郭沫若後來在《悼楊二妹》詩中有「白色薔薇蠹在心」之說。他將楊二妹比做白色薔薇，將結核病菌比做蛀蟲蠶食人的主要器官。郭沫若的故鄉樂山沙灣多雨，四季以陰為主，而郭宅建築又是連之以四進的四合院，每進中間留以十來見方的天井通氣，終日很少陽光，家中通氣、通風不夠，造成病菌繁衍，以致家中多人傳染患病。本來郭沫若的父親就是一位無師自通的中醫生，常常為鄉親們看病處方，但碰上大規模的傳染性疾病，往往束手無策。

郭沫若不僅從病理學的角度，非常具體地分析了親屬患病的原因，在於遺傳與傳染。而之所以傳染，又是因為住所窗戶太少，非常陰晦，所以細菌容易保存。但郭沫若以西醫知識，以非常嚴謹的科學態度，教家人如何以具體的消毒事宜，以絕病菌。並交待通氣和向陽是減少病患的自然方法，從病理學的角度，來分析防治疾病。

不僅如此，郭沫若還從社會學的角度，進一步探討病因，在於當事人受教育的程度不高，缺乏基本的防疫和醫療知識才造成了無謂的死亡。在《少年時代》中，提及五嫂的死因，他非常沉痛地說「無論哪一個原因，我們的五嫂是因為社會的無知而犧牲了」。他以親屬為例，說明疾病的流傳與社會愚昧是聯繫在一起的。

世紀末，由於波德萊爾著名詩集《惡之花》的出版，整個推進西方的審醜學，將城市看做是「惡之花」的詩歌意象在全球流行。郭沫若從對波德萊爾詩歌的閱讀中受到啟示，作為醫學留學生的他更容易獲得共鳴，再加之對中國作為東亞病夫的政治歧視，郭沫若以恨其不爭的心態，對中國社會病相的揭示更加頻繁，社會「大病院」的意象大量地在書中出現。作為二十年代

〔註 13〕郭沫若：《致父母親》第 63 封，黃高斌、唐明中主編：《櫻花書簡》，四川人民出版社，1981 年版，第 168 頁。

剛從具有潔癖的日本回來的醫科畢業生，在公共場所隨處可見中國的髒、亂、差現象，其感受尤為強烈。哪怕一個小小動作，也讓郭沫若大跌眼鏡。在出行滬、寧調查的途中，在電車上他觀察到：

> 一位中年男子把頭一埋便擤起鼻涕來。不幸，或者是他的大幸，他的鼻涕飛濺到姑娘的衣裳上去了。青綢羊皮襖的腳邊上帶了一珠，中年男子趕快把手絹拿出來替她揩了。姑娘又把左腳翹起來，綠色的絨線鞋子上又有一珠。中年男子又趕快把一隻手去接著她的腳，又用手絹去替她揩了。揩了之後，——啊，完全出人意外！這位中年男子把那張烏黑的手絹立地拿到自己的鼻子下面去了！〔註14〕

在小說《湖心亭》中，他敘述在湖心亭的所見之景：之字曲橋，成了「一個宏大的露天便所」！湖水更是「混濁得無言可喻的了」，面對這種情景，作者憤慨地評論道：

> ——哎，頹廢了的中國，墮落了的中國人，這兒不就是你的一張寫照嗎？古人鴻大的基業，美好的結構，被今人淪化成為混濁之場。這兒洶湧著的無限的罪惡，無限的病毒，無限的奇醜，無限的恥辱喲！〔註15〕

在散文《孤山的梅花》中，「社會大病院」的景象在中國一節火車廂裏更是得到淋漓盡致的展示，小說中藝術家的「我」懷著如火的激情將要去與想像中的愛人相會，醫生的職業性眼光卻讓他發現自己置身在一車病人中間。枯瘦如柴的人與眼珠飛金的黃疸病人討論著用稻草灰治病的迷信土方，「我」試圖從醫學知識破解這鄉下醫方的玄妙，最終推想不出究竟來。周圍咳嗽聲此起彼落，滿是疑似肺結核患者。「我」感歎道：「啊，我真好像是坐在病院裏一樣的呀！病夫的中國，癆病的中國，這駕三等車便是縮小的中國！」在這樣的比較中，詩人的浪漫和醫生的冷靜形成意義上強烈的反諷。作者用醫生和社會改革家雙刃解剖刀對國民性和民族的社會病相劃出了富有個性的痕跡。

二、早期小說中疾病意象的雙重性質

肺結核作為十九世紀末到二十世紀初全球爆發的流行性疾病，不僅在人

〔註14〕郭沫若：《到宜興去》，《郭沫若日記》，山西教育出版，1998年版，第22頁。

〔註15〕郭沫若：《湖心亭》，《郭沫若全集》文學編，第9卷，人民文學出版社，1985年版，第412頁。

類身體器官留下的濃厚的陰影，而且彌漫到人類靈魂，誘發了敏感的文學家們巨大的精神幻想。疾病現象一旦和情感相聯繫，就成為承載人的精神和情感狀態的表象。郭沫若作為醫生時，以科學求實的態度，從病理學和社會學的角度打量中國的疾病象和病因，這時他是從科學的角度還原疾病的本相，從這一意義上講，他是疾病隱喻的批判者；但郭沫若作為政治家和文學家在批判社會病狀，並從文學的角度展開關於疾病的想像時，他又在製造關於疾病的隱喻。在郭沫若早期的小說中，我們常常看到作者化身為作品中的「我」，同時以詩人和醫生的雙重視角透視疾病，形成疾病描寫的悖論。

《落葉》在某種程度上是一篇具有濃烈的歌德色彩的摹仿之作，少年維特的影子在主人公洪師武身上時隱時現。小說主要由兩大部分構成，第一部分的中心事件是以第一人人稱敘述「我」的好友洪師武在日本的種種際遇，包括介紹洪師武與一位日本姑娘菊子的愛情故事的由來，另一部分是菊子姑娘寫給愛人洪師武的四十一封信。舊制度婚姻的犧牲者，因為得不到真正的愛情，自暴自棄，終於得了花柳病，被醫生誤診為梅毒，於是他被判了精神的死刑，剝奪了愛的權利，因為道德的遣責和深深的懺悔，他幾次想自殺，後來才轉念想以自己的殘軀奉獻於人，於是不怕疾病傳染，勇於獻身，去照顧一位肺結核患者。在這個過程中，一個看護姑娘愛上了他，而他因為性病的沉重包袱，怕傳染了姑娘，所以逃離了愛情。這位姑娘火熱的情愛受到拒絕，又不明究竟，於是跑到了南洋。後來洪師武去學醫，希望用自己的力量去拯救世人。他自己成為醫生後，知道自己是被誤診了，但這時，洪師武已經被傳染上肺結核，且已是晚期，主人公愛情不能得，以死亡的悲劇告終。臨死時將姑娘的四十一封情書轉給「我」，希望能將他的故事寫成文字留傳下去。於是這四十一封情書構成小說的第二大部分。

人們常常將閱讀的焦點放在小說的第二部分，而第一部分的重要意義常被人忽略，實際上這一部分的故事簡直為印證桑塔格（美國女性文化批評家）的見解提供了一個絕妙的文本。桑塔格《疾病的隱喻》一書，由社會對疾病喻性思考和流行觀念帶給人普遍的精神傷害作了深入分析，在我們看來司空見慣而又理所當然現象，在桑塔格筆下成為一種令人觸目驚心的精神摧殘。桑塔格在該書所作的理性思考和分析，郭沫若早在二十世紀的二十年代就已經關注到，並用小說的形式表達出來。

《落葉》的主人公洪師武先是被醫生誤診得了「下半身」病，這些病往往被人們視作道德敗壞的結果而加以唾棄。於是病人自身背上了沉重的思想包袱，為此而深深自責，認為不潔之身不配消受純潔的愛情。對主人公身世這樣的安排敘述，表明小說作者曾有過的職業訓練在潛意識中起到作用。從醫生角度來看病人，他對主人公被誤診後的精神重負進行了真實的描寫，看到社會對疾病的道德偏見如何扼殺了病人愛的權利，描繪了疾病的隱喻意義對人的精神的摧毀，喚起人們對主人公巨大的同情。所以作者又安排讓原是病人的主人公後來成為醫生，讓主人公具備了醫學知識，並瞭解了病情真相後，解除關於疾病的精神性負擔。但是當作者希望製造更為曲折愛情故事和更為感人的悲劇效果時，作為文學家的想像視角開始產生作用。他啟動了疾病的隱喻功能。安排主人公誤以為患「下半身」疾病後，開始懺悔，並以照顧傳染性病人的獻身之舉來贖罪。不料又被傳染上「上半身」的疾病，成為一個三期肺結核患者。由於肺結核體現的是生命耗散過程，他可以明確地讓人們從病人的咳嗽、喀血等病狀中看到生命的衰退，從而引發極大的同情心，於是主人公下半身病所得到的精神傷害，和上半身疾病所產生的肉體死亡取得了雙重的悲劇性效果。

《殘春》同樣是以醫生和文藝家雙重視角來描寫疾病的小說。小說運用雙重敘述角度，將賀君的病症由另一位敘述者白羊君（也是「我」的同學，三人都是留日同學，其身份具有某種共通性，其命運也就有了某種共通性）轉述。它實際上寫了一位醫科大學生「我」與兩位病人的交往，一位是從前在國內的同學賀君，在日本得了重病，主要症狀就是神經性的癲症，行為不可思議，言語很怪異，但是對繪畫有特別的愛好，本來很吝嗇，但不惜重金搜求畫。他常常任意停課，別人認為他病了，最後卻發現他是關在家裏畫畫。賀君的病直接與精神狂熱有關，由於其極端的行為表現，被世人看作精神錯亂的病症。而「我」聽了賀君的故事之後，卻認為「他這很像是位天才的行徑呢。」而且很為世人對賀君偏見而憤憤不平。「我」激憤地責問道：「我們這些只曉得穿衣吃飯的自動木偶！為什麼偏會把異於常人的天才，當成狂人、低能兒、怪物呢？世間上為什麼不多多產出一些狂人怪物來喲？」

由白羊君和看望賀君的故事，又引出了在醫院中「我」與看護 S 姑娘的接觸，白羊君對 S 姑娘的身世的敘述，將「我」引入了夢鄉。在夢中「我」與 S 姑娘相會時，S 姑娘自述的病狀是「夜來每肯出盜汗，我身體漸漸消瘦，我時常無端地感覺倦怠，食欲又不進」。我聽了她說這些症候，都是肺結核初期必有的症狀。S 姑娘由病引出對生命的悲歎，有生的欲望，又有宿命的苦。小說有一部分是敘述者白羊君介紹姑娘身世的導入性話語（這一部分常為人所忽略）。它提示我們注意到 S 姑娘的孤兒身份和早熟，且又是一個肺結核患者。肺結核作為一種「優雅的」疾病，桑塔格曾分析其多重隱喻意義：「大概存在著某種熱情似火的情感，它引發了結核病的發作，又在結核病的發作中發洩自己。但這樣激情必定是受挫的激情，這些希望必定是被毀的希望。」〔註 16〕它可以是某種熱情似火的情感，誘發了生命力的燃燒耗盡；它的病因也可以是一種自我懲罰的心理暗示，因為社會流行觀念認為，病人得病的病因往往在自己，過度壓抑或者過度放縱導致身體失衡，都有可能得病；同時肺結核病意味著一種禁忌，在弗洛依德看來：「禁忌是針對人類某些強烈的欲望而由外來所強迫加入（由某些權威）的原始禁制。」〔註 17〕禁忌對象最明顯的特徵，就是它的隔絕性，它以絕對的力量將人們所欲望的對象加以禁制，以維護某種社會秩序或道德尊嚴。肺結核因具有強烈的傳染性，且在當時的條件下無法治癒，因而具有神秘的性質，成為人類不能隨便觸碰的對象，因此其患者具有禁忌的某種特性。在郭沫若的小說中，男主人公所愛的對象基本上都是肺結核患者，這些「結核美女」對於有婦之夫而言，就是承載著禁忌性質的象徵體。在既是醫生又是文學家的作者的潛意識中，她們既是愛情意欲的對象，又是情慾的禁忌。小說《殘春》描寫在夢境中，由於前意識中受道德譴責，主人公「我」對患肺結核的 S 姑娘的性慾衝動剛一產生，就有夫人的殺子的行為阻止它。小說在結尾處，以紅薔薇和白昌蒲花兩種意象互相映襯，紅薔薇代表被壓抑的愛情或激情，白昌蒲花則代表著美好的祝福，最後是紅薔薇枯萎，而白昌蒲也凋謝了，受挫的激情和被毀的希望構成了殘春的主調。

同理，《葉羅提之墓》與《殘春》也有相同性質，「我」暗戀的對象五嫂因患肺結核而死，我也經歷了一個死去活來的過程。五嫂和 S 姑娘一樣，既是誘發激情的對象，也是壓抑激情的禁忌對象。只不過禁忌的原因有所不同，在《殘春》是有婦之夫的道德規範，在《葉羅提之墓》則是血親關係的倫理禁忌。

〔註 16〕桑塔格：《疾病的隱喻》，程巍譯，上海譯文出版社，2003 年版，第 13 頁。

〔註 17〕弗洛伊德：《圖騰與禁忌》，文良文化譯，中央編譯出版社，2005 年版，第 39 頁。

郭沫若早期小說還由於青春的憂鬱，未來人生道路的不可知，再加之在人生的閱歷和醫學的實踐中，有些病由於當時醫療條件和水平無法根治，就成為人們恐懼的生命之憂。從宗教的角度，凡是不可知的事物，都會帶給人們以神秘感，產生或是恐懼，或是敬畏的心理。對不可知，不可治的疾病，也使這種病帶上神秘的色彩，給人以命運無常的人生感歎。就像存在主義作家加繆的小說《鼠疫》中的描繪。當鼠疫到來並在城市擴散之時，引發的社會騷亂屬於社會學的範疇。但鼠疫的發病機理的不可知，人們並不知道它什麼時候還會捲土重來，作品就帶上濃厚的荒誕神秘的色彩。郭沫若的小說《人力之上》描繪他的一位日本鄰居本來就家境貧寒，夫妻倆意外地遭受疾病之災，雪上加霜，最終家破人亡。這一生活悲劇的發生，讓作者感受到人力之上的命運的難以把握，人類終極關懷的憐憫意識油然而生。

三、腐肉盡去、新肌發生的民族隱喻

抗戰時期，郭沫若成為中華民族文化代言人，作為政治家的郭沫若，他需要喚起國民的自信，他分析日本侵略者進行不義戰爭的「紙老虎」本質，豪情萬狀地鼓動民眾奮起抗日；作為醫生的郭沫若，職業性敏感使他看到在中國倡導科學精神任重而道遠。因此在全民抗戰的過程中，強調昂揚的精神鬥志和身體的強健有力是同樣重要的。以科學意識啟蒙民眾，促進民族的強健，仍是郭沫若努力的目標。他以醫生的眼光和手術刀，繼承五四精神，清醒解剖中華民族的病根，是郭沫若抗戰時期話語系統的有機組成部分。他在《新華日報》讀到一則「豆腐乾」新聞，新聞簡略地報導一則案例：一位醫學教授作科學研究找不到屍體，不得不發掘公墓而求，結果卻被提起公訴。郭沫若從這條新聞引申開去，結合所學的醫學知識，從科學研究無法得到解剖材料的事實說起，批判國內社會土葬厚殮的陳規陋習是「死的拖著活的」，數其國民由於科學素質的低劣，導致醫學乃至科學落後的原因。是引來侵略戰禍的主要根源。指出當時科學戰勝迷信的搏戰仍然是非常必要且迫切的。〔註18〕醫生的視角使郭沫若在政治的激情言說中多了幾分客觀和清醒。醫學的知識在郭沫若的演講和文章中信手拈來，運用自如。醫學的思維使郭沫若在組織宣傳抗戰的過程中，緊緊地抓住國人的身心健康，作為抗戰勝利的根本保

〔註18〕郭沫若：《死的拖著活的》，《沫若文集》第13卷，人民文學出版社，1961年版，第72～75頁。

障和民族復興的第一要務。

而作為文學家的形象思維，郭沫若又將大量的政治和軍事的話語演變成醫學隱喻。由於外力的入侵，中華民族被置之於死地而後生的處境，一貫持「死而復生」觀念的郭沫若再次密集地使用疾病意象，用來表達在戰爭中如何克服國民劣根性，喚起民族自信，共同抵禦外來侵略，使民族得以復興的強烈願望。在關於戰爭的比喻中，郭沫若主要以「癰」或傷口潰爛來比喻中華民族所遭受的戰爭創傷。因為潰瘍是外部的強烈擦傷，經細菌感染後可化膿潰爛，但外部創傷是能治癒的，它不像癌症隱喻那樣，代表著死亡。因此，以傷口借題發揮，既指出中華民族本身生有毒瘤，戰爭加劇了毒瘤的潰爛，但同時也包孕著癒合的希望。作為具有巨大生命力的民族，只要萬眾一心，抗擊侵略，中華民族是會一定復興的。在文化抗戰的宣傳過程中，郭沫若在多種場合、多篇文章反覆使用一個醫學意象，那就是抗戰的過程是一個腐肉去盡，新肌發生的過程，是一個除舊布新過程。我們的停滯不前，好比驅體的腐肉長期積累在那兒，化了膿或有腐爛性傷口。「日本軍人正是一大批貪食腐肉的蛆蟲，他們滿得意地替我們吃著腐肉，這正對於我們的下層的生肌，給與了順暢發育的機會」。〔註 19〕這篇演講稿，正如郭沫若自己所說，簡直就是一篇醫學講義。在《我們失掉的只是奴隸的鐐銬》，作者再次重申了這一觀點。

關於民族的疾病隱喻在散文《癰》中得到淋漓盡致的發揮，這篇散文由「癰」作為文思的觸發點，散文從自身胸部右側生一個小癤子說起，因為有醫學經驗，為「癤」老是沒有化膿而惋惜。不知不覺間，作者高超的想像力來了一個巨大的跳躍，一下從病理現象引申到社會現象，由個人對疾病抵抗，聯想到國民對外侮的抵抗，從「膿」的作用一下過渡到對社會時弊的議論，亮出了作者對中國抵抗外侮能力的擔憂。隨著「癤」破膿而出，「我」的情緒又從憤懣轉向欣喜：「我雖然是中國人，我自己的白血球依然還有抵抗外敵的本領」，「一大群的陣亡勇士喲！你們和外來的強敵抗戰了足足十日，強敵的威勢減衰下來，你們的犧牲當然不會小」。這時候，作者已經不是在說自己的病情，完全是在為民眾拼死抵抗侵略者的英勇精神大聲叫好，大呼痛快了。散文突兀而來的巧比妙喻，豐富多變的情感夾雜著巨大恢宏的思想能量，使

〔註 19〕郭沫若：《關於華北戰局所應有的認識》，《沫若文集》第 11 卷，人民文學民出版社，1959 年版，第 236 頁。

讀者從一篇一千多字的散文中，分享到思想的盛宴。

新中國成立後，由於衛生防疫體制的完善和建立，很多傳染性疾病得到有效的控制，各種傳染性疾病在「天連五嶺銀鋤落，地動山河鐵搖」的「送瘟神」運動中似乎被驅逐乾淨。作為昔日的醫生，郭沫若不管是開藥方還是診病因的本領都已派不上用場。而文壇上愈來愈多的高、大、全形象，也讓扶風弱柳的疾病意象相形見拙。共產主義理想一定能實現的遠大抱負及信心也杜絕了疾病隱喻產生的溫床。這時，郭沫若的作品中意氣風發的主旋律徹底地驅除了疾病陰影，郭沫若審視社會的醫學眼光也從此消失了。

《我的童年》的雙重敘事與讀者接受

自傳是界於文學作品與歷史性文本的一種特殊體裁。首先，它要求作者遵循歷史真實的原則，忠實書寫自我的經歷，因此它具有非虛構性。郭沫若非常認同自傳這一敘事原則。在他的自傳《我的童年》〔註1〕的「後話」中，作者宣稱:「純然是一種自敘傳的性質，沒有一事一語是加了一點意想化的。」同時自傳又可能具有強烈的「文學性」。其「文學性」可以表現在除虛構性之外的一切文學要素，如情感、結構、語言等，均可以在自傳中得以表現。傳記文學寫作的「歷史性」和「文學性」雙重特質，制約了郭沫若自傳作品《我的童年》的敘事選擇。

《我的童年》動筆於 1928 年 3、4 月間。當時的郭沫若正處在人生最艱難的時刻。因被蔣介石政權通緝，不得不逃亡異國，再次來到日本，憑著他與安娜在日本的各種關係，暫時安居在千葉縣市川市。這個時候的郭沫若，拖家帶口，食無薪奉，居無片瓦。兩間餘一卒，郭沫若又站在人生的十字路口，暫時沒有找準進攻的目標。同時，在國內大革命失敗的悲憤和陰影仍壓在心頭。由北伐革命的英雄轉而為政府緝拿的「罪犯」，人生角色如此截然的變換，換起了郭沫若為自己辯護的強烈欲望。怎樣在日本生存，又怎樣有意義的生存，唯一可行的辦法，仍然是手中的一枝筆。「小民無處吃飯」的生存煩惱，異國它鄉喚起的懷舊情結，臥薪嚐膽以圖再起的人生際遇。帶著這樣

〔註 1〕這篇作品最初由上海光華書局出版時為《我的幼年》，後因國民黨政府查禁，曾改名為《幼年時代》《童年時代》；收入《沫若文集》第 6 卷時，又改為《我的童年》；現收《郭沫若全集》文學編第 11 卷，人民文學出版社，1986 年版。文中所引《我的童年》原文，均出自該卷。

強烈的寫作衝動，郭沫若開始了自傳性作品的寫作。

《我的童年》一開始，便帶著強烈的自我辯護的色彩，他在《我的童年》的前言中，非常情緒化的寫道：「我不是想學 Augusting 和 Rousseau 要表述什麼懺悔，我也不是想 Goethe 和 Tolstoy 要描寫什麼天才，我寫的只是這樣一種社會生出了這樣一種人，或者也可以說有過這樣的人生在這樣的時代。」

在這裡，郭沫若誤解了盧梭，盧梭寫《懺悔錄》，其實也不是要表述什麼懺悔，也是像郭沫若那樣，在四面受敵的情況下為自己的存在而辯護。盧梭在這部自傳中，懷著極大的悲憤，再次表達與虛偽的「文明」的社會不共戴天。在這之前，他的著名的教育小說《愛彌爾》因宣傳泛神論，直接將矛頭指向貴族階級虛偽的文明，他遭到貴族階級和宗教階層反動人士的迫害。他也是在逃亡的途中，懷著滿腔的悲憤撰寫了《懺悔錄》。他也在開篇大聲疾呼：「我現在要做一項既無先例，將來也不會有人仿傚的艱巨工作，我要把一個人的真實面目赤裸裸地揭露在世人面前，這個人就是我」。

盧梭的話說過頭了，說是「前無前例」毫無問題，說是「後無來者」就未免太武斷。幾十年之後，在以謙謙君子著稱的中國，就是這位與他的遭遇非常相似的郭沫若，也是在被反動當局的迫害中，也是在逃亡在異國它鄉，也在自傳中寫下了一個赤裸裸真實的自我。也是敢冒中國傳統之大韙，將自己的人性中善與惡，毫不避諱的寫出來，他的較早成熟的性意識，包括自己同性戀傾向。他在青春反叛期的種種惡習，抽煙酗酒、甚至逛胭脂巷等，他一五一十，如實道來。殊不知，在我們這個十分講究仁義禮教、含蓄內斂的民族，這些「不足為他人道也」的人性陰暗面，直到現在也是自傳寫作的禁忌。中國文學中揭露別人隱私的作家大有人在，撕開自我病態醜惡的作家則寥寥無幾。郭沫若的朋友郁達夫可算在其中行列。郭沫若沒有想到，多年後人們攻擊他的炮彈，正是由他自己提供的。

正是要為強加給他的「匪徒」身份辯護，正是要反擊強加與他的誣衊之詞，正是由於反抗社會迫害的強烈意志，正是由於「不服輸」的文化個性，《我的童年》便表現出非常明確的主觀意圖和敘事選擇。整個作品中，「叛逆」成為自傳突出主題，個體對社會權力的反抗成為主要矛盾衝突。在自我性格中發掘叛逆基因，在社會壓迫中突顯叛逆的成長，是作者為自傳定下的基調。

在這種主觀基調和情感的支配和過濾下，《我的童年》所選擇和組合的人及其事件也就生成了作品的顯結構。因此不難理解，作者為什麼一反常規，並沒有從自己的出生說起，開篇就敘述「銅河沙灣——土匪的巢穴」，並首先講述與自己經歷並不太相干的楊三和尚的故事。讓我們感到驚奇的是，作者的敘述首先顛覆一般人關於土匪的想像：作土匪的人一般應該是赤貧之人，因為生活所迫被逼上梁山，鋌而走險。但是，郭沫若看到的是：「一般成為土匪的青年也大都是中產階級人家。」以楊三和尚為例，他家與郭沫若同住沙灣場上，相互只僅一街之隔，同樣也是小康人家，家人開有客棧、糟房（釀酒的作坊）等。楊三和尚參加了當地的哥老會，同時以習武為樂。也和郭沫若的祖父一樣，袍哥人家，拉幫結派，疾惡如仇、仗義疏財，好打抱不平。楊三和尚因為幫鄉親復仇殺了人，被官兵追捕。後來就發生了郭沫若自傳的開篇所描繪的場面：當官兵追捕殺了人的楊三和尚時，郭沫若哥倆掩護了楊三和尚，使其躲過了一劫。楊三和尚從此為匪。後來半路攔截，殺死帶兵的陳把總，救出了同樣是匪首徐三漢子，則是袍哥生涯的頂峰。再後來楊三和尚住宅被官府放火焚燒，本人遠走他鄉，隱名埋姓，來往於成都和偏遠的康巴山區之間，做起各種生意。最後定居於雅安的載楊溪，直到病重去世。〔註 2〕

楊三和尚的所作所為，完全是替人打抱不平，絕不是因為生存危機，像他們那樣和作者處於一同階層的殷實人家，完全可以在家安閒度日，但最終卻成了與官府作對，被官兵捉拿、嚴懲的對象。這樣一些「匪徒」，實際上就是自己的身邊的朋友，他們打富濟貧，很講義氣。作者為證明「匪徒」的仁義之舉，接著敘述父親長途販運的財物半路被劫後，第二天清晨又被原封不動送到家門口的傳奇故事。講義氣是民間公認的道德準則之一，也是這些被稱之為「匪」的行動準則。作者這樣敘事的潛臺詞，實際上是以親歷之事說明：社會不公、人間不平是滋生匪徒的原因，而殺人越貨之事，也不過是奉行義氣之道德準則。

就在這匪風盛行的環境中，郭開貞誕生了。作者一開始就說，「我是午時生的，聽說我生的時候是腳先下地。這大約是我的一生成為反逆者的第一步」，一開始就將自我定位於「反逆者」。一個叛逆者的我必然有與之對立的叛逆對象，作者成長的經歷經主體意識的回憶之網過濾後，主要的成長事件就圍繞社會的施壓與個人的反抗為主線而集結和展開，那些能表現社會暴力，包括肉體暴力和精神暴力的人和事成為主要的敘事選擇。比如眾所周知的撕榜事

〔註 2〕楊尚林：《楊三和尚其人》，《沙灣文史》第 6 期，沙灣區政協編，1989 年 9 月，第 47～52 頁。

件，在嘉定高等小學和中學堂兩次被斥退等。

應該說，按照作者的主觀意圖。自傳描繪重大事件都圍繞開貞和老師們的衝突展開。但是在作者預設的敘事之外，按照忠於歷史的原則，寫作過程並不完全受理性意識的控制，受既定主題的牽制。回憶畢竟是還原歷史場景和事實一種努力。在回憶中，那些「集體無意識」的觀念，必然會自然地流瀉出來。這些筆下自然流淌出來的人和事融入文本，就形成與叛逆主題相對立的潛結構，它不斷地解構著叛逆敘事的顯結構，形成了文本間互相對話又互相顛覆的張力結構。這種雙重的敘事結構通過作者對家族，對他的老師們的描繪可明顯地看出。比如，在家族敘事中，作者以「叛逆者」的心態，敘述了郭氏家族移民以來歷經五代的努力拼搏，特別是號稱「金臉大王」的祖父是執掌過沙灣碼頭的袍哥大爺，仗著祖父的光威，父親的生意也做得順風順水。可以說父系家族的發家，是靠著江湖義氣，靠著的吃苦耐勞，甚至劍走偏鋒，一段時間還販賣鴉片煙，以近似匪性的方式，以兩個麻布起家，一步步地成就了一份家業，到作者那一代，成為以小工商為主的中產家庭。

但是服從自傳的規定，作者必不可少地必須提到的母輩家族情況。和父輩「在野」的江湖身份相對的，則是郭沫若的母輩家族詩書之家的「在朝」身分。外祖父杜琢章是正宗的科考二甲進士，貴州黃平的在朝「州官」。遇上苗民造反，城池失守，為了表示對朝廷的忠，對失職的自我的懲罰，居然親手殺掉才四歲的女兒，自盡公堂，以身殉「忠」。而外祖母和三姨為了從一而終的節操，也豪不吝惜自己的生命，跳到池塘裏為丈夫殉了「節」。所用男工女婢，為表示對主人的義，全都遭了難。只有劉奶媽帶著母親僥倖逃過這一劫。這段歷史，「據劉奶媽的口述，母親也還零碎的記憶得一些。小時候她對我們講起，連我們也覺得很光榮。」自傳敘述的字裏行間，一絲自豪不經意地顯露出來。在父輩和母輩家世的對照敘述中、在「野」與在「朝」，江湖的「義」與官場的「忠」，形成互補關係，不期然的解構了作者自設的叛逆者身份。家族世系的文化因子，通過有意無意的傳承，流淌在郭沫若的血液中，影響了他複雜豐富的存在。

又如作者對自己老師們的敘事，更是處處充斥著大量矛盾性的話語。一方面是詳細描繪家塾先生沈煥章先生採用以「筍子炒肉」、「跪土地」等各式「撲作教刑」。一方面又能獨開風氣之先，最早引進數學、地理、世界歷史等現代課程內容。而且在讀書方法上，也教給郭沫若逆向思維的能力。郭沫若認為：他後來好議論的脾氣，好做翻案文章的脾氣，或者就是從沈先生這兒養成的。

而對於小學和中學老師易曙輝、帥平鈞先生的態度更是如此。一方面，小學和中學的「冰窖式教育」，催生了郭沫若在學校生涯中的逆反心態。作者寫出了在讀書的同班同學，有一幫老童生，因為強烈嫉妒之心，居然撕榜責問郭開貞考試第一名的真實性，懦弱的帥平鈞老師被逼無奈，將他的成績改成第三名。從此，郭開貞開始對遭受的不公平待遇的復仇，除了發誓要報復這幫老童生，還「決定了以反對教員為宗旨」。對於帥先生，以後自然是什麼事都要和他對著幹。還有小學的監學（校長）易曙輝先生，雖然是特別令學生害怕的「易老虎」。開貞也敢犯「逆鱗」。於是，因為撕榜風波，開貞又帶頭引發了「搶飯甑事件」。「易老虎」在處理這樁事件時，態度過激，打了小同學一耳光，激起學生強烈的抗議。弄得「易老虎」倡言要辭職。接下來又生出要求星期六放假的對抗事件，開貞不消說又是帶頭的領袖，與同學共謀罷課，後被「易老虎」及教員們離間破壞，這次的對抗遭受了重創，其結果是開貞被學校斥退。這一系列的與教員的對抗事件，似乎使這一群教員都成為其叛逆者的對立面。

但是，當敘事服從於歷史的真實場景，服從於還原有血有肉的人物情態時，「易老虎」的另一面也自然顯現出來，作者在敘述中不期然地插入了易先生和藹的瞬間：易先生「撞詩鐘」（詩歌唱和一種形式。嘉定的詩風盛行，給開貞以很大影響。）歸來，和開貞開起玩笑，開貞藉此反駁了鬼的存在。老師則放下師道尊嚴，一笑了之。

更有意思的是作者因反對「易老虎」的專橫，爭取星期六半天的放假自由並遭斥退時，和開貞家有親戚（他五哥的岳父）關係的縣視學王畏岩先生不但沒有保開貞，反而間接地表明了同意斥退的態度。這實際上從一個側面說明當時教育界治教之嚴，不徇私情。同時又還能看到能仗義執言的教師大有人在，郭沫若被斥退後，就有教師聯名寫信去質問易先生，並商量接納他到另一所學校去就讀。開貞喝醉了酒和平日裏專橫跋扈的丁平子先生對罵後，校內一幫教員給予他的聲援等。

在兩種原則指導下的創作，呈現出悖謬性對話。從身處的社會情勢，郭沫若將學校描繪成一個壓迫性的環境和反抗對象，自傳中充滿了大量暴君似的老師與青春期叛逆的同學的對抗性描寫。從歷史真實的原則出發，作者又必須承認在學校裏他仍然收穫了大量有用的知識，學校給予他在知識和方法上的啟蒙是不能抹殺的。在關於故鄉教育的回憶中，作者也感受到教育的另一面，與易老虎的專橫，丁平子的驕縱，帥平鈞的怯懦等相對的，還有他們講課的精彩有趣、教法的新穎獨特，見解的不同凡響，知識的淵源深長。

郭沫若進小學之初，正是中國廢除科舉制，新學興起的教育體制大變革時期，部頒的癸卯學制剛剛頒發實施，所開的課程雖然有了規定，但課程的教學內容體系是百花齊放，教材五花八門，客觀上這也給了學堂的先生們的教學以極大自由。易曙輝（「易老虎」）先生講鄉土志，而且自編教材《樂山鄉土志》，雕版印行，很受學生歡迎。這門課教無定法，他將人文教育與詩的薰陶融為一體，變格教法。易先生的鄉土志，介紹嘉州歷代名勝古蹟的歷史沿革，講授四位主持正義，敢於為國抗爭的鄉賢，吟詠嘉州風景的名人詩篇，李白、蘇東坡、陸游、岑參、范成大、黃庭堅等文人學士的吟詠，還有陽明哲學的最初導引，或則賦予感世憤俗的激情，或則滲透著濟世救民的志向，或則飽和著憂國愛民的仁慈之心。易曙輝先生本人也非常喜歡和朋友們煮酒論詩，撞詩鐘，和韻、聯句等。開貞所接受的不拘一格的教法和鄉土文化傳統，傳統國學與西學新潮，如細雨春風，給予郭沫若較為全面的人文滋養。

中小學的其他老師同樣如此，帥平均先生的讀經講經課帶給他的大量國學知識，黃經華先生講《春秋》，這些都是日後郭沫若成為百科全書式人物的學養積澱。在《我的童年》中，常常可以看到這樣的記述：「帥先生的授課比較有趣味的還是他的讀經講經。第一學期中他整整地教了一篇《王制》，這是使我和舊學接近的一個因素。……就是應該很艱澀的經學也因為他的教材有趣，我是一點不覺得辛苦的。」帥先生的講課得到同學們的歡迎，不僅僅是因為有趣，還有他的激情，據當年受教學生回憶，「講《春秋左傳》正人心，至紀綱廢馳，人慾橫流時，帥先生聲淚俱下。予受帥先生之感動，實為不小。」〔註3〕由此，可看出郭沫若的老師們鮮明的教學風格和文化個性。

如果深入閱讀《我的童年》，能發現一個有趣的現象，即在那個傳統教育鏈突然斷裂的時代，教師面臨著新的選擇，或者去留洋學習新知，或者固守傳統的國學領域。郭沫若的兩個老師剛好是這兩方面的代表，帥鎮華先生去留學，在日本弘文師範學校速成後，回來居然可以教授音樂，大大增強了在學校謀生的本領。他在音樂方面對學生啟蒙教育，讓好些學生記憶猶新。當

〔註3〕李承魁：《我住嘉定聯立中學校的回憶》，《樂山歷代文集》1990年，第336頁。

時的學生，現在百歲高齡的國學家杜道生老先生還記得帥先生譜寫的校歌。他對於學生在音樂方面啟蒙教育不可小視。〔註 4〕但是，對帥先生的新學教育，郭沫若並沒有太深的印象，反而認同的是他的「講經讀經」課。當然，嶄新的時代，給了這些教師以創新的自由，最近發現了帥平鈞先生編撰的鄉土教材《樂山歷史》，應該說是樂山教育史上第一部系統探討樂山地方史的著作。

而且，任何文化個體回憶中的歷史，都只是裸露在冰山上的七分之一，還有大量的歷史真象被埋在冰山之下。由於受「叛逆」主題的引導，這些教員一直被看作傳統勢力的代表。事實上，他們也是不斷向傳統發起革命的學者，郭沫若在自傳中提及的一批教員雖然在文化方面對傳統國學非常精通，但政治態度卻非常激進。當四川保路運動在成都興起之後，很快向全川漫延，樂山也成立了保路同志會。而樂山保路同志會的發起者和組織者，主要就是嘉定府中學堂的一批教員。民國元年的七月初一（1911 年 8 月 24 日，在蕭公廟內舉行嘉定保路同志會成立大會，推舉王志仁（時任嘉定府中學堂監督）為會長，副會長則是易曙輝（晴窗）先生，帥平鈞、王畏岩等一批樂山知名文化人士都是同志會的主要成員。嘉定中學堂的學生在學校召開大會，宣布成立嘉定保路同志會學生分會。「保路風潮，全省各縣相率罷市、罷課，堂內學生陸續星散。保路同志會軍入駐學堂，先後良莠不一，至反正時，葉統領荃兵變，堂內圖書儀器標本及什物等頗受損失，學堂陷於停頓狀態。」〔註 5〕應該說，嘉定府中學堂這批教員實際上成為樂山保路風潮的核心人物，他們表現出的政治熱情、時代擔當和文化個性實在是為郭沫若作出了表率。

其實，《我的童年》對自己青少年時代某些作為，在理性的層面有了充分的反思。傳主以中年心境寫童年經歷，敘述視角已完全是中年視角。因此對於童年的所見所聞，所作所為，在中年時期特定環境下娓娓道來，就有了理性的觀照。敘童年經歷、議中年的感悟，也在不經然之間批判解構著自我的叛逆者心態。如作品中有一段敘述作者和同學在會館看川戲，滋事生非，大鬧會館秦公所。由此事件生發出一大段議論，簡直可看作一篇微型論文。這段議論一一分析會館戲衰落的原因，最後得出結論：「學生的搗亂、行幫的潰崩、常設戲園的吸引，封建制度下的會館戲便漸漸絕跡了。」這一段夾敘夾

〔註 4〕杜道生口述，王旭實錄：《杜道生傳》，內部資料，2012 年編印。

〔註 5〕遊子九：《四川省立樂山中學之命名及其沿革》，《樂山歷代文集》，樂山市修史編志辦公室編，1990 年，第 330 頁。

議，敘的是少年的自我桀驁不馴和十處打鑼九處在的性格，議的是中年郭沫若對時代發展中川劇變遷的清醒認識。

事實上，當時代變遷，歷史情勢發生重大變化之後，在新的歷史語境中，郭沫若回過頭來再打量原來的作品，就會發現共表現意圖已不合時宜。1937年春，郭沫若第一次回鄉時，首先就去拜訪了帥平鈞先生，並為當年自傳中對帥先生輕率描繪連連道歉，師生方言歸於好。緊接著，在郭父祭奠大典上，又特別聘請帥先生在大典上作講書官，在父靈前跪聽帥先生講「孝」，以表達對先生的敬重。其實，自傳中當年的描繪並沒有任何不實之詞，但在文化抗戰、民族文化的復興和傳承的語境下，重新審視當年在自傳中較為偏激的主觀意圖，郭沫若感到自責，並以實際行動來表達對自傳中偏激傾向的救正。待到郭沫若撰《五十簡譜》時，時局和地位、心態發生更大變化，他再次公開肯定，甚感興趣的「是陳師濟民的授國文及文法，易師晴窗授鄉土掌故，帥師平均受王制及今文《尚書》」，「中學革新，內容較有起色，對黃師經華之經學講義最感興趣。」〔註 6〕

由於受文本視角、結構的限制。這部自傳作品處處存在著二元對立的張力，叛逆與規訓、創新與傳承、感性與理性，這種多聲部的對話，為讀者理解提供了多種可能性。接受美學強調讀者的接受的能動性，認為是讀者賦予文本以生命力。文學文本的解讀在不同的歷史變遷中，不同讀者在不同情況下對同樣的文本會有不同的閱讀和理解，但讀者解讀的方向仍然是由文本本身具備的特質所決定的。闡釋或領會也是受文本的特定品質和結構操控的感受過程。讀者的想像和解讀只能在文本限制的範圍內，必須依賴於文本本身蘊含的召喚性結構，不然讀者的理解就是無花之果，無根之木。某種程度上，文本蘊含的悖謬性因素愈多，矛盾張力愈大，換句話說，作品包孕的正項文化和異項文化因子為讀者提供的選擇性愈多，作品在每一個時代的生命力就可能愈強，不同的讀者群體接受的可能性就愈大。

讀者的接受除了來自文本本身的提示之外，還有接受語境的重要作用。一直以來，我們這個時代，創新成為主旋律，在人們的意識或潛意識中，傳統就等於守舊，就等於落後。同時，社會主流意識形態的控制與文化個體反抗。往往是每個時代的普遍矛盾。每個時代的接受者，當處在權力控制下時，

〔註 6〕郭沫若：《五十簡譜》，曾建戎編：《郭沫若在重慶》，青海出版社 1982 年 12 月版，第 216，217 頁。

為擺脫權力的控制，都會傾情於郭沫若的自傳。特別在教育領域，某種程度上，學校代表著對自然人走向文明人的規訓權力。教師與學生、學校與學生，往往形成控制與自由的張力，個體並不甘心完全按照既定的軌道行進。對個性和自由的堅守，往往在被控制的過程中表現出反抗的意志。郭沫若整體表達的是個體權力和社會權力之間的博弈。因此每個學生，特別處在青春期叛逆的學生，在閱讀郭沫若的自傳中，都會被激起一種擺脫控制、申張個性，獲得自由的快感。社會權力操控的語境愈濃，對郭沫若自傳的接受和選擇就愈偏向其文本表達的反抗意識。

所以，在當下的語境中，可以見到這樣一種現象：當我們在審視和批判學校束縛學生個性和創新能力的弊端時，都會將郭沫若作為一個典型，以他在學校中數次被開除，但最終成就為文化大師來說明當下教育的失效。殊不知，如果我們認真看看郭沫若當年的成績單，就會發現，郭沫若在學校從來都是在考試中名列前矛，最終都以優異成績畢業。故鄉的教育在各方面對郭沫若的成才產生了的巨大影響。如果不是在全面的觀照中認識郭沫若與教育的關係，僅以他的叛逆意識來引導當今的青少年，無疑會助長學生與學校的對立關係。

其實，權力和反抗是一對辯證的範疇，不同的歷史語境和社會文化語境存在不同的權力結構。無所不在、無孔不入的權力既是壓抑的力量，又是建設的力量。如果權力傾向於建設，傾向於和諧時，人們也許會用寬鬆的眼光去尋求文本的整體的意義，也許會在文本縫隙中讀出其平時不為人所關注的另一種意義。比如，當今人們在世界文化多元化發展的背景下，在倡導中華民族文化偉大復興的語境下，對「傳統」價值認知和理解更為全面和辯證時，再來閱讀郭沫若的《我的童年》，就感覺到對於傳統文化的權力而言，現代人與它的關係，不僅僅是反抗，同時也還有理解、認同和傳承。正是在這樣的意義上，閱讀《我的童年》會得到更多的啟示。

組詩《瓶》與散文《孤山的梅花》互文關係再探

郭沫若的愛情組詩《瓶》和散文《孤山的梅花》是一組同題異體文學文本，它們共同擁有的關鍵詞是：杭州女校學生、西湖約會、梅花、書信。但事件經過卻大不相同。詩集《瓶》由四十三首詩構成，這四十二首詩聯綴起來，完整地記錄了一個令人心醉的愛情故事：抒情主人公「我」有一日曾與一女郎同遊杭州西湖，去探靈峰的梅花。分別後，姑娘的倩影卻再也無法忘懷，於是「我」朝思暮想，度日如年，苦苦等待姑娘的回信。好不容易等來了姑娘的回音，「我」禁不住心花怒放，想入非非。姑娘信中寄來一枝梅花，詩人以愛情之瓶將其供養，並傾以癡情的清水，然而兩地書往，一處情愁，「我」的情熱在等信和回信的輪迴中燃燒，對心上人遲遲無音的埋怨，居然無端地遷怒於信差；姑娘信中一聲「哥哥」，又惹出詩人萬般思緒。在愛情的折磨之下，詩人的情感變幻莫測，體驗著青春如火的激情，又夾雜著中年人悲哀的空想。忽有一日，姑娘寄來一頁空白信箋，以示斷交，詩人如夢驚醒，最後的結局是：瓶碎梅枯，愛情的幻滅。詩歌中，詩人的迷狂與姑娘的矜持形成極大的反差。詩人以梅喻人，以梅載情，熾熱的癡情，蕩人心扉，當時極大地引發了青年男女的情感共鳴。

散文同樣寫出一個美好願望落空的故事，但是頗有喜劇色彩：「我」收到一位落款姓名為「余抱節」的信，約他去杭州西湖賞月看梅，並表達了「得見一面雖死亦願」的渴慕。並提到若回信就轉杭州女校余猗筠小姐。「我」正月十四日接信，經歷了激烈的思想鬥爭後，將實情告訴了夫人，夫人沒有阻攔。

原準備帶小孩同去，以遮掩心中之「鬼」。「我」定於正月 19 日動身，然而因軍閥混戰，好事多磨，沒有去成。又等了一個星期，在戰事的驚惶中，我獨自一人再次出發，坐上到杭州的三等車廂。坐在好像是病院的車上，「我」卻暢想著兩人相會，拿著梵誣琴，去孤山賞月的浪漫情形。等到了約定的旅館，問有沒有姓余的先生，說是沒有，又打電話去女校，沒有餘猗筠其人，孤山的梅花呢，也還沒有開，最後只得掃興而回。

這兩篇文本所敘之事究竟是真是假，或者是孰真孰假？這正是本文首先要弄清楚的問題。

組詩《瓶》和散文《孤山的梅花》孰真孰假

國內學者在研究郭沫若的文學創作時，大都看到了愛情詩集《瓶》和同題材散文《孤山的梅花》之間的聯繫。但人們在探索這兩篇文本的聯繫時，都遵循一種既定的思路進行推測，即《孤山的梅花》應該是一篇自傳體散文，因此所敘之事是真實的事件，而《瓶》所敘之事則是想像性的虛構。如卜慶華認為「後者是散文，偏於寫實，前者是詩，偏於想像、虛構和抒情。……作者經歷那離奇的故事，只是激發了《瓶》的觸媒」。〔註 1〕詩人蒲風 1936 年 4 月在日本訪問郭沫若，談到關於《瓶》的創作時，郭沫若說《瓶》「全是寫實，並無多少想像成份」。人們在解釋這一說法時，都認為這「寫實」指的是詩人的實情，而非實事。如牛鴻英認為：這部長詩中大量的譬喻、虛構和想像，可以看出它分明不是發生在郭沫若身上的一個真實的愛情故事，孤山探梅充其量只是詩人寫作《瓶》的觸發點。〔註 2〕李明也認為：「雖然作者曾表白過，《瓶》全是寫實，並無多少想像的成份，但《瓶》的故事其實只有一點因由，其情節和人物純粹是虛構的……也許詩人此處說的『寫實』，指的是感情而非事實」。〔註 3〕學者們的推測可能來自兩個判斷，一是作者在編排自己的作品時，將《孤山的梅花》編入了自傳性作品《學生時代》之中，二是來自屬於文藝理論「公理」性的判斷，既散文這一文體，應是寫實的文體，文中所敘之事往往可能是自我的真實經歷；而詩歌的主要功能則是抒情，詩的真實主要在於情感的真

〔註 1〕卜慶華：《郭沫若研究箚記》，湖南大學出版社 1986 年版，第 98～99 頁。

〔註 2〕牛鴻英：《探析〈瓶〉的創作心理及其前後之變化》，《郭沫若學刊》，1999 年第 2 期。

〔註 3〕李明：《如此纏綿為哪般——〈瓶〉的創作動機探秘》，《湘潭大學學報》，2004 年第 2 期。

實，而不一定是實事；再加上這兩篇同題異體文本又都寫於同一時期，於是順理成章地互相印證，以散文所敘之事為真，由此判斷詩歌所敘之事為假。

然而，沈飛德先生近年來發掘的一則史料卻澄清了長久以來的錯覺和誤會。他在九十年代採訪王映霞的過程中，順便瞭解到事實真相，原來郭沫若的詩集《瓶》源自於他與杭州女子師範學校的姑娘徐亦定的一段感情，詩集真實地記錄了詩人和徐亦定短暫交往的情感歷程。是一首紀實抒情長詩。為了讓讀者更清楚地瞭解事情真相，不妨較為詳細地引用當事人徐亦定回憶：

> 1925 年早春，他（指郭沫若—編者注）到杭州旅遊（有沒有其他的事我不知道），一個偶然的機會我們相識了。那天他與幾個友人——有我的一個堂兄——去遊西湖，那時我在杭州女師讀書，還很年輕，他們都比我大，都叫我妹妹，他們叫我一起去玩，我就同他們一起去了。玩了好幾處風景點，我現在還能想得起來有兩處：一是保叔（椒）山，山雖不高，路很崎嶇，有的地方還很陡，他很會爬山，一個人當先到了山頂塔山，我到半山腰就上不去，他又下來拉我上去；還有一處是靈峰探梅，梅花還沒有開，他有點惋惜的樣子。
>
> 這是一個禮拜天。我們在學校住宿的外地學生要在晚自修以前廻學校的，所以我遊湖回來就同他們分開趕廻學校去了。
>
> 過了幾天，我意外地收到一封上海來的信，開頭稱呼妹妹，信尾具名是沫若二字，信不長，說了一些那天遊湖的事情，有兩首即興的詩。講禮貌當然要回信，說實話，我心裏也喜歡他。我回他的信裏告訴他西湖梅花已開，並折了一小枝紅梅夾在信裏寄去。這以後，他每星期有兩封信給我，我大概收到他二、三十封信。
>
> 我知道他有一個日本太太，已經兒女成行。我仔細思量，覺得如再發展下去，於我於他都不利，不如及早打住，以免造成不可收拾。我決定後就回他一封信，說我功課很忙，以後只怕沒有時間給他寫信，表示歉意。他還接連來了好幾封信，我沒有作覆，他最後一封信要我把他寄給我的信退還他。這以後我們就沒有再通信了。〔註 4〕

原來愛情組詩《瓶》所敘事件，才是詩人親歷的實事。徐亦定回憶的事

〔註 4〕沈飛德：《郭沫若詩集〈瓶〉與一位杭州女性——王映霞訪談錄》，《檔案與史學》，2001 年第 2 期。

實，與《瓶》中記敘幾乎完全一致，而散文《孤山的梅花》中的情節反而大都是虛構的。很多研究文章因為不清楚或者沒有注意到這一段史實，差之豪釐的臆測，導致了離題萬里的分析。

散文《孤山的梅花》：假中有真

接踵而至的問題是：《瓶》和《孤山的梅花》是否其一為絕對的真、其一為絕對的假呢？再具體到散文《孤山的梅花》，其情況則更為複雜。首先，我們從郭沫若創作這兩個文本的具體時間，來理清這兩個文本之間的互涉關係。

散文《孤山的梅花》1925 年正月三十（陽曆 2 月 22 日）寫出了主體部分，3 月 18 日又追記。根據學者們考證，由於郭沫若在寫於同年 3 月 28 日之《笑脫牙齒》一文中提及「在一禮拜前早已草就」，因此，3 月 18 日寫就的時間基本是準確的。〔註 5〕散文寫出後，郭沫若沒有任何躊躇，馬上於 4 月 3 日，4 日 7 日在《晨報副刊》連載此文。因此，寫於詩歌之後的散文反而發表在先。作者在散文中，只是把這段經歷作為故事的原型，在其基本元素的基礎上進行虛構，由此敷衍成一個真真假假，假中有真，真中有假的故事。而且後來以「集外」為題，將其混編在自傳性作品集《學生時代》中。本來「集外」的意思就是暗示不在自傳之列，只可惜人們完全忽略這一編排上的細節，順理成章地理解為作者的自我寫真。

儘管《孤山的梅花》在情節主體上是虛構的，但仍保持了很多細節的真實：比如他和徐亦定相識相交的時間蹤跡，還有當事人的姓名。文中提到捉弄他那封信，寫信人是「余抱節」，轉信人「是余猗筠」，這兩個姓名正好分別是徐亦定和其兄徐葆炎名字的諧音，且「余抱節」含有「抱守節操」意思，（據王映霞講，徐亦定還有一個名字到徐逸庭，而徐亦定正是由其兄徐葆炎介紹給郭沫若認識的）。幾個人去西湖玩，有可能是以寫信方式相約。文中「我」接到約請信的日子是正月十四日，這一天是陽曆的 2 月 6 日，而成行去杭州是在正月二十，也就是陽曆的 2 月 12 日。郭沫若從上海啟程到杭州的事，他在 1925 年 2 月 13 日寫給《晨報副刊》編輯劉勉已的信中，就曾提到：「我前天跑往西湖去過一次，因為有朋友相約同往孤山去看梅花」。〔註 6〕散文中記

〔註 5〕參見上海圖書館編：《著譯繫年目錄》，《郭沫若專集》2，四川人民出版社，1984 年版，第 85 頁。

〔註 6〕轉引自卜慶華：《郭沫若研究箚記》，湖南大學出版社 1986 年版，第 98 頁。

載與信中記載的日期基本相符。可能是在這之後的一個星期天，(徐亦定在回憶中提及同遊的時間是星期天，查萬年曆是2月15日，)徐葆炎把妹妹約出來，包括郭沫若在內的幾個人同遊西湖，正是在這一天，徐亦定的倩影在郭沫若的心中擊起巨大的波瀾。

散文《孤山的梅花》所敘之事雖然與實情不符，卻大量融進了親歷此事過程中的真實心理。文中寫「我」接到「余抱節」的信後，有過短暫的陶醉和得意，過後要面臨的就是如何向夫人交待的問題。作者採用「心中無冷病，哪怕鬼敲門」的心理策略，意外地獲得夫人的信任。又因為軍閥混戰，作者冠冕堂皇地甩掉孩子這一「尾巴」，得以獨自成行。男主人公性格的兩面性在散文中構成了一種藝術張力：一方面是感性的主人公置身於火車上污穢不堪的「大病院」之中，暢想著和美麗姑娘的詩意約會，另一方面卻是理性的主人公地注視和嘲笑著一個掉入情感陷井的瘋狂自我。散文以中年心境打量這場注定以失敗告終的戀情，首先是環境惡劣與內心浪漫想像之間的反差，如軍閥踢足球似的混戰帶來的民生艱難，交通混亂，火車上滿是肺結核疑似患者，杭州街道橙紅色的爛泥；其次是個人特殊的情形，自己已是一個負有一個老婆，三個孩子責任的男人，還有什麼資格談戀愛呢。散文整體彌漫著一種美好願望的落空，及落空後的歎息和無奈心緒。經歷了這一短暫而熾熱情感的挫折後，作者抽身回到現實，得以理智清醒地看待這一場突如其來的單相思，並以自我揶揄和解嘲地口吻，將此次經歷放在社會、家庭、年齡等現實因素中進行考量，將中年愛情面對情與理、夢幻與現實等種種的矛盾從容地展示出來。

這場情感波瀾剛剛過去，郭沫若就以散文追記此事，並馬上將其發表，以散文的理性色彩淡化戀情的痕跡，平息心底的波瀾。而真正能夠完全呈現事實真象的詩集《瓶》，反而是過了一年後，才由郁達夫硬拿來發表了。

《瓶》：實事與實情

雖然作者這一段情感經歷通過散文得以清醒的反思，但是理性的認識無論如何不能替代情感的激蕩；何況這是發生在一個極具浪漫天性的詩人心中。詩人有情必須要吐露，要宣洩，他認為詩歌就像是赤裸裸的美女，要的就是一個真和自然。他不願把自己的真實情感弄得很含蓄委婉。所以在詩歌中，他不造假，不虛偽，不做作。從實事到真情，寫出了一個赤裸裸的我。《瓶》

中火熱的詩句就是詩人的內心獨白，他任由慘痛的情感飛迸，其猛烈的程度，達到了極致。但是那時候的作者已經是一個受大眾矚目的公眾人物，他極不願意將個人隱私公諸於眾，引起不必要的麻煩。所以詩歌雖寫於事情發生的當時，卻是第二年的 4 月才在《創造月刊》發表。而且發表不是他的本意，還是他的朋友郁達夫作為這一段情感的見證者，硬把它們拿來發表了。

按照《瓶》中每首詩結尾的時間提示：詩歌 1925 年 2 月 18 日寫成第一首，3 月 30 日第 42 首結束。3 月 9 日夜寫出《獻詩》。這與徐亦定回憶他們的相逢是發生在早春的事實相符。看來這一組詩歌是伴隨著他們交往的過程，即時實錄的。遊湖回去之後幾天，也就是在給徐亦定寫信希望繼續交往的當天，郭沫若也就開始情詩的創作，所以《瓶》的第一首，也就是組詩中寫作時間最早的一首，正好是 2 月 18 日，完全是那天遊西湖的實景和實情，這與徐亦定的回憶完全一致。這以後，詩人大概一邊寫信向徐亦定訴說衷情，一邊寫詩，記錄下他內心迸發的如火激情，信中不能傾訴的，卻通過詩歌得到痛快的宣洩。這從每一首詩後面的標注的日期也可以看出，詩人在戀情的猛烈地襲擊下，有時一天之內就吟出幾首詩，比如第 25 首、第 26 首、第 27 首，分別是在 15 日晨、15 日夜、15 日夜的時辰寫成，真是處於朝思暮想這一狀態。如果不是在熱戀中，是很難有如此激情的。同時，詩歌也大量傾吐了自己矛盾的心理，詩人意識到這一場在愛情的「北冰洋」中冒險的後果，狂熱之中又時時有些清醒的預警，如第 32 首，他歎息道：「我畢竟是已到中年／怎麼也難有欲滴的新鮮」。「我的心機是這般戰慄／我感覺著我的追求是不可追求的。／我在和夸父一樣追逐太陽／我在和李白一樣撈取月光，」即使這樣，詩人仍如飛蛾撲火般，義無反顧地任由「著了火的枯原」自行燃燒。

還要注意的是，帶有序言性質的「獻詩」反而是在 3 月 9 日寫成。這之前，郭沫若接到了徐的第二封來信和寄贈的梅花，信中的稱呼，由「先生」改成了「你」。他狂喜不已，於是在熱血沸騰中寫下了這首詩。按照時間順序，本應排在第 22 首和第 23 首之間，後來他把這首詩提到了前面，作為《獻詩》。

《瓶》雖然記錄的是實事，詩人並不囿於事實本身，而是抓住這場感情交往中最富於詩情畫意的細節——姑娘贈梅花給男主人公，由此生發開去，展開豐富的想像，創造了一個夢幻的、唯美的世界：男主人公把梅花看成是愛情的象徵，由此產生對愛情的浪漫想像，因為現實的種種原因，「我想深深地吮吸你的芳心，我想吞下呀，但又不忍動口」。於是，那夢寐以求的愛情，就只能在來世去尋求。梅花成為姑娘的替代物，他想像自己吞掉姑娘所贈梅花，為愛而死，然後葬在西湖旁。吞下去的梅花變成梅子，梅子忽有一日迸成梅林，姑娘提琴來掃墓，並在墓前奏起思念的曲調，梅花遍地開放，忽然一陣春風，把梅花吹成花冢，我在花中暗笑，姑娘也以琴相和。這首詩在某種意義上顯現出「梁祝化蝶」的影子。但少了梁祝故事的哀怨和淒慘，而多了對愛情的執著癡戀，還有對愛情永存的熱烈祈願。

在《瓶》中，郭沫若繼《女神》之後，再一次將人類情感的強度和深度發揮到極致；這組詩更主要的價值在於：詩人對這場短促的情感突發過程，給予美化和昇華，使之上升到純潔的精神層面，將生命衝動昇華成對愛與美的永恆追求。這在喚醒當時青年的自我意識，肯定愛情的熱烈和美好方面，起到很大的引導和促進作用。對於在舊時代受封建禮教嚴重壓抑，正在爭取戀愛自由，婚姻自主的青年人來講，無疑是一劑強烈的興奮劑和安慰劑。

詩歌在形式上也大有創新，如第 16 首的敘述角度非常新穎。詩人用兩重敘述，首先是以第一人稱的角度，開始抒情主人公「我」熾熱激情傾訴和對愛情的夢幻之境想像營造。詩的韻律完全依著情感的內在律，飛流直下，自由呵成。接著又以第三人稱由春鶯的歌唱，再將故事重述一遍，但詩的韻律轉為勻稱工整句式和大體押韻的調式，敘述的口吻顯得平靜和客觀。就像一鍋沸騰的水，慢慢平息下來。使這首詩在情感的濃與淡，節奏的張與馳上產生對比，形成了餘味深長的藝術情味。

互文關係網絡中的文體越界

郭沫若當初寫出這真、假兩種文本來製造迷魂陣，究竟有什麼意義呢？

郭沫若在創作這兩個文本的過程中，有意無意地進行了一場文體試驗。他把讀者放在對等的地位，把讀者看成是文字博弈的對手，與之進行智力較量。作者出其不意地在詩集《瓶》中暴露真實，在散文《孤山的梅花》中，又一反散文體裁的常態，虛構主體事實，布起迷魂陣，以障人耳目。這兩個文本形成虛實相生、互有關涉的文本網絡後，其文本意義可以在兩者間循環闡釋，此文本成了彼文本的特定語境，詩歌和散文所包含的多種元素可以互相補充，同時又可以互相否定，互相顛覆。這樣文本中真實和虛構的關係便逾越了單一的文本疆界，既定的文體潛規則也被顛覆。讀者按照散文常識去理解，以為這場豔遇真如作者描繪，是一場惡作劇，一場空歡喜。誰知作者通過這種互文策略，既成功地在文本中大膽暴露自我真實，又不致被讀者發現，以免傷害當事人，從而有效地規避了在現實生活中產生的負面影響。

在這樣的文體越界和互文關係構成的文字遊戲中，眾多讀者、甚至研究者被迷惑了，對郭沫若這兩篇文本進行了錯誤的判斷。其誤讀的根本原因在於讀者閱讀的期待視野和知識背景，是由傳統和當下文體分類的標準和知識決定的。在中國傳統文體中，散文更多地與史傳特徵相聯繫，而詩歌更注重抒情，即便是敘事，也往往成為感事抒情的基礎。因此今人在解讀過去的文本時，常常自覺或不自覺以現有文體規範去度量舊人和舊時的文本，由時空距離造成了審美解讀的錯位。

其實，郭沫若在當時的文體創新，可以看成在更高階段的傳統回歸。從文體發展的角度看：在古代，意識形態各個領域沒有嚴格區別，一部書、一篇文章，可能同是歷史記載，法律著作、宗教典籍，又是文學文本。隨著人類文化的發展，精神需求層次提高，文學逐步從意識形態統一體中分化出來，成為具有獨特審美價值的文體。文學發展到近、現代，文學文本從綜合性文本獨立出來後，仍然繼續著這種分化趨勢，並朝著愈來愈精細的分類方向發展。小說、散文、詩歌、戲劇的界限愈來愈鮮明。但是，文體分化並不是絕對的發展方向，任何事物的發展，都會有一個更高階段更高層次的循環綜合。所謂合久必分，分久必合，同樣適用於文學領域。在現代白話文學各類文體紛紛豎旗獨立，畫地為牢之時，郭沫若卻在創作中遵循著內心和現實的需求，在堅守的基礎上創新，他以「我自巍然不動」，以不變應萬變的寫作策略，堅持文、史、哲不分家的原始形態。以多元雜交的方式，模糊文體界限，突破真實和虛構的關係，突破散文寫實，詩歌虛構的文體特徵，因而也就輕而易舉地突破現存的文體範式。他的創作中，詩歌可以紀實，散文可以虛構，小說可以抒情。長篇組詩《瓶》吸收傳統詩歌聯章合詠的結構方式，引史入詩，協調紀事與感事之間的張力。以實事做骨架，以實情鑄靈魂，以白話為衣裳，將史實、敘事、情感三者有機的結合，在文體形式上進行創造性突破。《瓶》在現代詩歌發展的起跑線上，不僅具有範式開創之功，也是迄今為止在藝術上仍站得住腳的長詩。

郭沫若創造了不同文體的兩種文本去敘述和指涉同一事件的互文模式，在散文中擴展社會現實表現的範圍，挖掘在生活事件中的心理真實；在詩歌中則再現情感爆發的強度和深度。不同文體相互指涉的文本模式打破了讀者的閱讀範式，迫使我們不再線形地閱讀文本，而是通過彼此指涉、彼此作用的關係形成互文網絡，在交錯縱橫的語言迷宮裏往來反覆地品味生活意蘊。作者的創作個性堅守與讀者隨大流的閱讀經驗形成一個審美視野的錯位，因而他在當時製造的文本謎宮，幾十年來一直沒有解開。直至今天由當事人之一親自來解密，其真象才大白於天下。從這個意義上講，郭沫若確是一種嶄新的閱讀範式的開創者。

生命盛典的沉醉狂歡：《鳳凰涅槃》綜論

20 世紀初期，是中國由古老文明向現代文明轉換的劇變時期。劇烈的社會震盪反映在文學方面，就是古典文學向現代文學的轉型。當時，新文化的主將胡適正和國內一批詩人小心翼翼嘗試白話新詩的創作。他們的口號是「作詩如作文」，想以明白如話的語言去顛覆古典詩歌傳統。但他們試驗中的白話新詩只是一事、一地、一景的狹窄生活畫面的描繪，屬於詩歌特質的想像、抒情的功能沒有得到應有的重視，因此白話新詩很難在詩歌的本質方面有所突破。正當人們苦惱怎麼寫真正的白話新詩時，突然從日本島國吹來一股雄奇的詩風，《女神》如翩翩驚鴻降落於中國詩壇，奏出了時代的最強音。《女神》吸收了古今中外文化資源，全方位地探索詩歌改革的途徑。其中的長詩《鳳凰涅槃》以否定之否定精神，一反國內詩壇反傳統的激進行為，向中國詩歌源頭回溯，向傳統文化寶庫回歸，創造出洋溢著質樸生命氣息的鳳凰涅槃意象。使人們既欣喜的感到破壞與創造的時代情緒，又無限回味詩歌表達的永恆的生命意識。

《鳳凰涅槃》是中外神話典故的概括提練

《鳳凰涅槃》表達了人類集體無意識心理，即對太陽的崇拜以及由太陽創化生命的讚美。遠古時期世界各民族地區，懷著對太陽帶來光明、創生萬物的崇敬，而且觀察到候鳥隨太陽運行而產生季節性遷徙的現象，認為候鳥是太陽的精靈或太陽的使者。於是太陽與鳥就聯繫起來，成為日神的象徵，其間許多關於太陽神鳥的神話就產生了。詩歌小序中提到的「菲尼克斯」，即長生鳥。埃及神話傳說認為，「菲尼克斯」是來自阿拉伯的神鳥，是日神「拉」的化身。傳說在阿拉伯沙漠生活了五百年後，此鳥使用芳香的樹枝和香料築成柴堆，然後點燃，投火自焚，從火中新生。新生的幼鳥帶著全身敷著沒藥的父鳥的屍體，飛到太陽神的神殿，並在那裡埋葬了父親的屍體。類似的故事還出自於印度，神鳥飛翔五百年後，負香木飛入太陽神廟，於神壇上自焚，翌日而生，待第三日羽毛豐滿後，辭廟主而飛去。在我國古代典藉和大量出土的文物也記載了太陽鳥的傳說。屈原的《天問》中，就有「天式縱橫，陽離爰死？大鳥何鳴，夫焉喪厥體」的疑問，意即縱橫遼闊的天空，為什麼太陽鳥會死，大鳥鳴叫，為什麼它要燒死自己。在此基礎上，郭沫若從大量有關太陽鳥的中國神話傳說片斷中，提煉出與此類似的故事，以「鳳凰火精，生於丹穴山」的傳說，加之於後來認為「鳳凰……雄鳴曰即即，雌鳴曰足足」將鳳凰視為雌雄一對神鳥這一說法，這樣就把中外因為太陽崇拜所產生的太陽神鳥的神話故事合為一體，創造出帶有世界性原型意味的神話故事框架。〔註 1〕

在鳳凰投火自焚，死而復生的過程中，詩人特別強調了火的作用。火也是世界各民族文化中的涉及到的重要原型。印度古老的哲學中，太陽是火的同源體，它的萬丈光芒，就是火的燃燒。英國學者泰勒認為原始社會許多儀式與火有關，因為它可以淨化一切不潔或邪惡東西。泰勒舉出許多與此相關的例子，如在馬來半島和某些部落——賈昆人及其他部落中，嬰兒降生之後立刻帶到河邊並加以洗滌。然後在家裏把火生起，向火裏投芳香的木料，並把嬰兒抱到香煙上薰幾次。〔註 2〕使這個新誕生的生命新鮮芳香。這個儀式與鳳凰在火中更生的儀式非常相似。弗雷澤在《金枝》中，考察了各民族的日神巫術祭祀活動或者地方風俗，認為關於火的宗教儀式的作用有兩種看法，一種看法認為「火像我們在地球上所處緯度得到的陽光，是個溫和的生產力量，促進一切植物生長和一切構成健康和幸福的事物的發展。一種看法認為，火是一種兇狠的破壞的力量，它毀滅和消滅一切威脅人、動物、植物生命的可惡成分。無論是精神方面的，還是物質方面的，根據前一種理論，火是一種刺激物，根據後一

〔註 1〕舒建軍：《〈鳳凰涅槃〉：多重誤植的背景》，《浙江學刊》2000 年第 2 期。

〔註 2〕愛德華・泰勒：《原始文化》，連樹聲譯，《上海文出版社》，1992 年，第 854 頁。

種理論，火是一種消毒劑。」〔註3〕因此，火兼具毀滅和催生的作用。在世界性的跨文化現象中，還常常以火喻性，「形容性衝動的自發性生長和不可抑制……弗雷澤在《火的起源神話》一書中還指出，許多民族關於火起源的神話都有火最初藏在女性性器之中的情節，這就為後代民間文學提供了原型語彙和比喻基礎。在西方基督教正統意識形態中，火與性的隱喻因抽象昇華而得到消解。代表神聖創生力量的父神耶和華，其前身可能就是一位火神、太陽神，所以《舊約》常說他在火中顯現，也常用火去攻擊罪人罪城。」〔註4〕《鳳凰涅槃》中，反覆強調火的作用，沒有它，鳳凰不能自焚，不能毀滅，沒有它，鳳凰也不能新生，不能涅槃，不能成聖。弗雷澤提到的關於火的兩種作用，在詩歌中都得以體現。在詩中，太陽、鳳、凰、火也就融為一體，不分你我了。這樣，郭沫若為他早期信仰的泛神論哲學找到了神話學的基礎。

郭沫若還吸收了中國古代關於群鳥聚集，觀看神鳥的傳說，演變成詩歌中群鳥觀葬的情節。據說「南方（雲南、四川等地）有好幾處『鳥弔山』，如洱源縣羅坪山鳳峰，就有一座鳥弔山，原名弔鳥山。古來有許多書記載有弔鳥山上百鳥弔鳳凰的奇特現象：『弔鳥山，俗傳鳳死於上，每歲七月至九月，群鳥常來集其上。』（《李彤四部》）『俗傳鳳死於此山，故群鳥來弔。』（《水經注・葉榆水》）『山上有鳥千百，群飛啁啾，一歲必一度大集，即鳳皇死也。』（《九洲要記》）這些書關於群鳥一年一度集於山上的敘說都是記實，但說是因鳳凰死於此山而來弔則是附會。這無非是每年秋天，有大批候鳥在遷徙途中經過此山，短暫棲息罷了。」〔註5〕這一傳說的融入，使詩歌敘事因素大大增加，而且還使情節有了矛盾衝突。

詩人將阿拉伯、埃及、印度、中國的關於太陽神鳥的神話融為一體，以中國的鳳凰神鳥為載體，取宗教祭祀儀式為形式框架，敷衍成一篇鳳凰投火自焚，死而復生的歌舞劇。從此詩的情節構架，可以看到詩人善納中西文化的百川之水，融鑄一代新詩的壯舉。這樣開放的胸襟，在某種程度上取決於詩人當時身處的日本文化環境的開放性。日本是個善於靈活吸收外來文化精華的民族，特別是 20 世紀初，各種文化因子在這個國度交流碰撞，成為溝通

〔註3〕弗雷澤：《金枝精要》，劉魁立編，徐育新等譯，上海文藝出版社 2001 年版，第 569 頁。

〔註4〕葉舒憲：《聖經比喻》，廣西師範大學出版社，2003 年版，第 122～123 頁。

〔註5〕王維堤著：《龍鳳文化》，上海古籍出版社，2000 年版，第 234 頁。

世界文化的一座橋樑。詩人在這裡吞食著什錦文化大餐，以自由不羈的心態表達著內心的感受。與國內的地理間隔，也相對使他免受國內流行觀念的侵擾，也游移於胡適為代表的早期白話新詩的裹挾。距離使他獲得不受拘束的文化環境，作為一個處於邊緣狀態的詩人，他反而具有了自由吶喊、自主創造的極大自由。

《鳳凰涅槃》是時代精神的呼喚吶喊

郭沫若當時的自由創作的心態不僅受理性思維的控制，更多的還來自於無意識衝動的驅使。他曾自述：

> 《鳳凰涅槃》那首長詩是在一天之中分成兩個時期寫出來的。上半天在學校的課堂內聽講的時候，突然有詩的意趣襲來，便在抄本上東鱗西爪地寫出了那詩的前半。在晚上行將就寢的時候，詩的後半的意趣又襲來了，伏在枕上用著鉛筆只是火速的寫，全身都有點作寒作冷，連牙關都在打戰。就那樣把那首奇怪的詩也寫了出來。那詩是在象徵著中國的再生，同時也是我自己的再生。詩語的定型反覆，是受著華格納歌劇的影響，是在企圖著詩歌的音樂化，但由精神病理學的立場上看來，那明白地是表現著一種神經性的發作，那種發作大約也就是所謂「靈感」吧？〔註6〕

這一段話很好的表達了《鳳凰涅槃》創作過程和動機。他想說明：其一、這首詩的意義在於象徵民族的新生和個人的新生；其二，這首詩不僅受控於理性思維，更多的還是來自無意識的衝動；其三，詩歌的形式更多地具有音樂性，特別是受歌劇的影響。

關於第一點，他曾在寫這首詩的前一天說，很想像鳳凰涅槃那樣「採集些香木來，把我現有的形骸毀了去，唱著哀哀切切的輓歌把他燒毀了去，從那燒淨了的灰裏再生個『我』來。」〔註7〕因為這一代青年在時代交替過程中，既有對社會環境的極端不滿，大膽反抗，又有個人在青春期轉換、自我意識形成過程中極端迷惘和傷感，還有對未來社會美景的無限希冀。所以，「祖國的再生和個人的再生」就成為這一詩歌的基本主題。後來作者本人和讀者大

〔註6〕郭沫若：《我的作詩經過》，《沫若文集》第11卷，人民文學出版社，1964年版，第144頁。

〔註7〕郭沫若：《三葉集》，《郭沫若全集》第15卷，人民文學出版社，1990年版，第19頁。

都圍繞這一基調進行闡釋，並把它引申為時代精神。只不過不同的時代有不同的變奏而已。比如新中國成立後，為了突出階級性、人民性，郭沫若就把鳳凰解釋為英雄民族、人民英雄的象徵。他在歌頌英雄黃繼光和邱少雲題為《火中不滅鳳凰儔》一詩中唱到道：

火中不滅鳳凰儔，國際英雄黃與邱。
克敵敢將身作盾，護軍甘以血為油。
犧牲我作真豪傑，鼓舞人爭最上游。
難道艱難只一死？軒昂壯烈耿千秋！

在另一首題為《頌平壤市》的詩中也唱道：「火後再生有鳳凰，英雄民族氣軒昂。」在《贊〈東方紅〉》一詩裏，詩人把「雄偉的人民大會堂」比喻為「火中再生的五彩斑爛的鳳凰」，然後又點明那是「烈士的鮮血，英雄的熱汗，結晶得如此燦爛！」這些詩都是把英雄當作永生的鳳凰來歌頌的。

郭沫若主要是從鳳凰涅槃的象徵意蘊來進行闡釋，但許多讀者卻是從更廣闊的社會背景來理解詩歌的意義。以社會歷史的批評方法，著重強調的時代精神特徵的評論，最為精當的來自聞一多和穆木天兩位詩人。聞一多讚揚這首詩：反映出 20 世紀「動的本能」的映像，對世界大同精神的追求；是對全世界人類的互相聯繫的密切關注，並著重分析了死而復生主題中表達的黑暗與黎明、生與死、絕望消極與掙扎抖擻的關係。〔註 8〕聞一多從動的本能、世界意識對詩歌的時代精神作了準確的概括，應該說是抓到了詩歌許多本質性的東西。但聞一多在另一篇文章《女神的地方色彩》中，卻批評其詩歌表達的是主要是西方精神，歐化色彩很濃。這種前後矛盾的看法當初就有讀者指出，如宋琴心就說：「我認為聞一多的這種意見完全是把自己的思想來說明郭沫若的思想，並不是『情緒』和『理智』的分別關係，而且在他的《女神與時代精神》中卻像很表贊同這種精神，但卻與地方色彩一文的意見有點矛盾。在時代的精神中，沫若的地方色彩雖然是西方的，但卻也是中國的。」〔註 9〕今人學者黃澤佩也持這種觀點並專文作了闡發。

穆木天在指出郭沫若詩歌所表現的時代精神時，特別從詩人所表達的時代的矛盾性入手進行分析。穆木天首先指出郭沫若詩歌產生的背景的複雜性，

〔註 8〕聞一多：《女神之時代精神》，原載《陽造週報》第 4 號，1923 年 6 月 3 日。
〔註 9〕宋琴心：《郭沫若論》，轉引自王錦厚等編，《百家論郭沫若》，成都出版社，1992 年版，第 317 頁。

他提醒我們：

> 郭沫若並不是「五四」運動的直接擔當者，當時，他是生活在日本的博多灣上。正因為這種關係，他更直接地接觸著20世紀的資本主義社會的文明。而對於使國內陷於戰亂狀態的軍閥封建勢力更加憎恨，對於新的時代更是強烈地感著憧憬。舊時代的黑暗，和新時代的曙光的相剋中，因之，產生出詩人的浪漫主義來。第二，中國「五四」運動，發生於世界資本主義的末期，是強烈地帶著世紀末的色彩的。生活在博多灣上的詩人是比國內的運動的直接擔當者更直接地更切實地感到資本主義的幻滅。而博多灣上的十里松原，大海，大自然，對於詩人也加了強烈的感染。詩人一方面唱著Pioneer（開拓者）的歌曲，有徹底一貫的唯物論者的要求，而另一方面卻要求心靈的安慰，心靈和大自然的調和，而是一個泛神論者了。在詩人的詩作中，因之，有大自然的Smphony（交響曲），有大都市的萬籟共鳴，有物質文明的讚美，有原始世界的憧憬，有托爾斯泰的禮讚，又有××的禮讚，有近代的形象（汽車，X光，energy等），又有神話傳說的形象（鳳凰，女神，Apollo，Poseidon等），有出世的感情，而又有入世的感情了。這種種的矛盾，正是流浪人小布爾喬亞的心理所產生。異國的流浪的情緒和本國的解放的要求。是在詩人的心理交織也就是大自然的歌曲和黎明期高速度的前奏曲了。〔註10〕

《女神》時期的郭沫若，因為有地緣、時代、個人經歷和氣質等多種原因，所以有出世和入世的情感，有偶像崇拜與偶像的破壞，有玄學的思索和現實的追求，有盛讚現代物質文明和回到原始自然狀態，有開快車和開倒車的矛盾。他的許多詩歌，都在表達著矛盾的這一極或那一極，或是這兩極雜亂的混合。但是，《鳳凰涅槃》是在舊的皮囊中盛上了新的酒漿，在內容的協調方面，在內容與形式的和諧方面，把上述矛盾的兩極非常有機平衡地表達出來，成為五四時代革命怒潮中燦爛的鮮花！

《鳳凰涅槃》是生命盛典的沉醉狂歡

詩人創作時，不僅受理性思維的控制，還來自於無意識衝動的驅使。時

〔註10〕穆木天：《郭沫若的詩歌》，陳惇、劉象愚選編：《穆木天文學評論選集》，北京師範大學出版社2000年版，第310頁。

代多種因素的合力，激活了詩人由個人意識到種族無意識的記憶，他個人的生命體驗與人類的生命經驗合而為一，於是在不經然中借神話原型表達了一種世界性主題和宇宙意識。

鳳凰自焚，重新復生，這一切都對應著人類毀滅與創造的原型意識。表達的是世界共同的原型主題「死而復生。」生命即生即滅，生生不息，無限循環是人類各民族觀察到的生命共相。但西方世界更側重生與死的對立，在基督教看來：生與死是聖與俗二重世界的對立轉化。生的世界是無邊的苦海，人生現世是罪惡的、無可救藥的。罪惡的世界最終末日來臨，受神的最後審判，耶蘇受難復活昇天就是苦難現實世界走向光明世界、由俗到聖的再生過程。信基督耶蘇才能使靈魂進入永生的世界，神的天堂。靈魂可以復活在新的肉體中，形成新一輪的生命繁衍。而東方民族則把生與死看成生命原體變化的不同形態而已。正像彝族歌謠所唱：「萬物誰無死／萬物皆有死／死是正常的／用不著悲傷／如果說太陽不死也不真／太陽落山入夜便是死。」〔註11〕日出日落，就是生命生死循環的象徵。東方民族以類比思維來發現自然與人的生命共感，認為人、自然都有神聖的一面，都可以互換或融為一體，不否定現世人生。郭沫若吸收了西方世界對罪惡現世徹底否定的精神，承認現世人生與神聖境界的對立。詩歌借鳳凰之口，盡情地詛咒罪惡的現世人生，認為無論是黑暗的社會整體，還是衰弱的個體生命，都應該徹底否定，徹底毀滅。詩人承認俗與聖對立的可能性，鳳凰作為神鳥，與各種凡鳥就是截然對立，無法溝通的。詩人承認神聖事物的永生，所以他的鳳凰復生後，「鮮美異常，不再死」。詩人曾說「我時常問我自己：還是肯定我的一切本能來執著這個世界呢？還是否定我的一切本能來追求那個世界？」〔註12〕顯然詩人是傾向於後者的，鳳凰之所以要投火自焚，就是因為身處的世界已經沒有存在的價值。而凡鳥們卻執著於這個破爛的世界，提出各種的辦法，試圖修補這個千百孔的社會。

但郭沫若同時又以東方思維方式，更多地從中華民族關於鳳凰的神話傳說中，莊子「萬物合一，等齊生死」的逍遙哲學中，從印度哲學對火的作為事物構成的基本元素的作用中，提煉出泛神論的因素。在詩中，鳳凰作為生命

〔註11〕詹鑫：《神靈與祭祀——中國傳統宗教綜論》，江蘇古籍出版社1992年版，第270頁。

〔註12〕郭沫若：《泰爾來華的我見》《郭沫若全集》文學編第15卷，人民文學出版社1990年版，第270頁。

原體，它超越了生與死的界限。超越了個體的差別，也超越了時空的距離。於是:「我中也有你／你中也有我／我便是你／你便是我／火便是凰／鳳便是火／」。鳳凰涅槃後，主體和客體合一，自我和自然圓融的和諧境界出現了。東方的泛神論同一融和的大同境界與西方哲學中聖與俗的對立，肉與靈的分離，居然共存於詩歌之中，被鳳凰涅槃的意象所包容，從而天衣無縫的彌合了東西方哲學的差異。

由於有泛神論作骨架，鳳凰涅槃的神話故事作外衣，詩歌便具有了一種恢宏的宇宙意識。這顯示在作者對「大」的追求上。關於這一點，朱湘曾精妙的分析道：

> 那麼這個「大」，到底從那裡才可以找到呢？從短促的人生，不能，從渺小的人世，不能，只有全個宇宙是最大的。我們要找大，必得在宇宙裏面找去，我們必得與日、月、星、山嶽、河海、光明、黑暗、生、死以及其他等等永恆的現象，融為一體，他進這個「大」的裏面去，然後我們的這個人世，才能附宇宙的偉大，一變而為永恆，這便叫做渺小中的偉大，短促中的永恆，這便是泛神論的來源。……一個只要他與自然契合，便變成了偉大的那個他，與自然契合的剎那，便是他的偉大的剎那。在那個剎那裡，他與自然合而為一，分不出是自然，還是人了。在那個剎那裡，我便是自然，自然便是我。這樣說來，泛神論與自我主義，不僅不相反對，簡直就是一物之兩面；一而二，二而一的。〔註13〕

在《鳳凰涅槃》中，對「大」的崇拜也有雙重的矛盾性。就像屈原無法把握自身與民族的命運時，發出了悲愴的「天問」，這種由社會人生進而對自然宇宙的追問，實際上是無法把握和征服命運的迷惘。20世紀的來臨，帶來了多重的社會矛盾和人生矛盾：民族發展進程中新舊交替，中國封建社會制度與西方資本主義文明，詩人在青春期的反叛和憧憬，迷失與追尋，破壞與創造，使詩人再一次復活了「天問」，它表達的同樣是對社會和人生命運的無法把握和控制。但郭沫若作為初涉人事的青年，比屈原更樂觀。而且，受西方個人主義的影響，詩人的自主意識，想要創造世界，主宰未來的願望和信心遠遠超出過去的屈原。因此，他能通過對「大」的崇拜，把渺小的個人化為大

〔註13〕朱湘:《郭沫若的詩》，轉引自王錦厚等編:《百家論郭沫若》，成都出版社1992年版，第222～223頁。

自然的精靈。這樣，宏大的自然體量與膨脹的個人激情相結合，超越現世人生的宇宙意識就產生了。

同時，泛神論與神話故事的融合，也為詩歌抒情的展開提供了象徵化的空間，「這一空間，使詩中即興展開的意象都帶上了一種象徵意味。陰冷、枯燥的丹穴山，黑暗、空寂的宇宙，漶漫無際的大海和海上飄蕩的孤舟，烘托暗示了鳳凰苦難、荒謬的歷史與現實處境；而熊熊的火光，齊生死、等萬物的大歡樂的涅槃境界，又引人入超越之境，喻示了大同的和諧未來。全詩在超現實的境界中展開，又一一對應著詩人的現實體驗，」〔註 14〕既表達時代精神，又超越時空。它為不同的民族、不同的時代提供了極大的闡釋空間，成為對整個人類生命創造活動的藝術性表達。文字是一部人類的啟示錄，是人對自身生命進程的反觀認識與總結。由文字記錄的神話傳說完全可以象徵人類複雜而漫長的創生演化過程。這是哲學及其他記實性文字無法辦到的。同時又是群體的生命狂歡儀式，它是群體進行渲泄平衡的治療方式，它可以在沉醉迷狂中釋放自我，由痛感轉化為快感，從而達到復蘇新我的目的。詩歌作為人類某種心理能量的渲泄和疏導，它的作用就在於平衡人們心中的矛盾困惑，平息內心的焦慮和緊張，最終得到心靈的淨化。

《鳳凰涅槃》是原始祭祀歌舞的奇異再現

《女神》為人詬病最多的是他的詩歌形式，這源於郭沫若自己主張新詩要「絕端的自由、絕端的自主「的較為誇張的說法。客觀地說，在郭沫若的很多詩歌中，由於對「大」的崇拜，沒有找到與之適宜的整體的形式框架，或者沒有「客觀對應物」加以規範或象徵，因此就顯得有些不加節制，激情泛濫，一覽無餘。但《鳳凰涅槃》卻是個例外，由於他找到了合適的形式規範，即宗教祭祀歌舞儀式，這樣就大大擴展了詩歌的表現功能。《鳳凰涅槃》在形式與內容上結合得天衣無縫。它的詩歌形式就是祭祀樂舞。在中國古代宗教祭祀儀式中，歌、舞、樂三者通常結合在一起，具有現場表演性，而歌辭只是其中一種要素。所以，我們在欣賞這首詩歌時，不能純粹以現代詩歌的審美原則去解讀，而必須還原為原始降神樂舞形式。

這種形式的特點之一是通過歌、樂、舞的配合演奏以招致天神地鬼。鳳凰集香木自焚的過程就帶有很強的舞蹈性；「鳳歌」和「凰歌」又帶有很強的

〔註 14〕張林傑、龍泉明：《郭沫若詩歌的象徵主義》，《文藝爭鳴》1998 年第 4 期。

歌唱詠歎性質；「鳳凰更生歌」則主要依賴於器樂的演奏的總體效果。其二，降神樂舞不止演奏一遍，每演奏一遍叫「一變」，遍數越多，就可以招致越遠的神祇或行動緩慢的禽獸神靈降臨，不同的祭禮的變數不完全相同。一般認為，演奏六遍，龍風四靈就會降臨，演奏九遍後，天地鬼神就全部降臨。〔註15〕據學者考證：凰通皇，其原義是有虞氏的首領在祭祀時所戴插有羽毛的王冠，後來演變成舉行鳳神降臨的樂舞儀式。《尚書益稷》有「簫韶九成，鳳凰來儀」，意思是：簫韶奏到第九遍，有虞氏的首領就會戴著王冠，披著裝扮成天帝的使者鳳神翩然而至。那麼模仿這一儀式的《鳳凰涅槃》中的「鳳凰更生歌」，最後的反覆詠歎的段落就不是多餘的，而是這一儀式要求的必要程序。其實，現代歌劇中也要求反覆詠歎以烘托出高昂的情緒氛圍。在這裡，詩歌的文字並不是起直接喚起情緒的作用，而是摹擬反覆詠歎所產生的節奏旋律。然後在一種熱烈迷狂的現場氛圍中，刺激引發情緒的共鳴。

王富仁曾經描繪讀郭沫若詩歌的效果：

> 在郭沫若面對的大海裏，一切都不是作為特定的符號存在的……它是一種狀態，是一種沒有思想含義的形式，是一種沒有本質的現象，它需要的不是領悟，咀嚼和品咂，它需要的是感受，直接的感受；它不需要你聯想什麼，不需要你賦予它什麼意義，只需要你的心弦隨著它的波濤起伏，應著它咆哮跳動……它給你的僅僅是那一剎那的沉醉，但正是這一剎那的沉醉使你感到你自己是完全自由的，是充滿巨大、膨湃生命力的，感到你不是卑微的、軟弱、草芥般微不足道的，而是一個高揚的人，是世界的主宰，宇宙的主人。〔註16〕

這就是帶有現場表演性的音樂帶給我們的感受。在這裡，我們看到郭沫若詩歌與傳統詩歌口傳性、表演性的聯繫。由於原始詩歌起源於勞動模仿和宗教祭祀活動，它的載歌載舞的性質使文字因素退居其次要的地位，而表演過程中非語言交流系統對喚起情緒則起到了更大的作用，特別是超語言活動和人體動作對情緒氛圍的烘托渲染不可忽視。《鳳凰涅槃》中，鳳凰銜著枝枝

〔註15〕張銘遠：《生殖�和死亡抗拒：中國民間信仰的功能和模式》，中國華僑出版公司，1991年版，第296頁。

〔註16〕王富仁：《他開闢了一個新的審美境界——論郭沫若的詩歌創作》，《郭沫若研究》，1988年第7期。

的香木飛來，鳳啄香火，凰扇火星的動作，投火自焚的動作，飛向四處而絕望的探詢，都是超語言的動作表演因素。丹穴山上凜冽的寒風，還有群鳥構成的觀葬群體，作為現場交流的因素，使詩歌中戲劇的表演因素大大加強。進一步觀察，我們還會發現，這個神話歌舞劇與西方古典悲劇極為相似。鳳凰作為戲劇的主角，群鳥相當於與戲劇角色對白的歌隊。使著增強矛盾衝突、促使劇情突轉、烘托戲劇氛圍的作用。有了群鳥，才有了凡與神聖的對比，肯定現實世界與否定現實世界的衝突。鳳凰哭訴的文字再加上現場表演的非語言因素，重構出使讀者身臨其境的感覺世界、情緒世界。

1944年，郭沫若在重慶文藝講習班講授詩歌時，重申了詩歌的本質是「有節奏的情緒世界」的觀點，他舉例之一就是廟堂孔子的歌舞的詠歎詞，這些詞雖然簡單，但它是一種直接的呼喚，一種詠歎，這種呼喚和詠歎反覆和重疊，就形成一種節奏，這種節奏就可以直接表達情緒，不需要太倚重文字本身。這一觀點實際上返回了原始詩歌的本源，充分保留了原始詩歌的口傳性特徵。從這個角度來理解詩中那些反覆呼告的詩句，是配合著曲與舞來進行的，就可以知道這首詩對傳統的繼承。另外，這首詩在句式上，也充分吸取了中國古典詩歌的許多要素，如講求對偶的特點，詩中許多詩句是非常工整的對偶句，如：「唱著哀哀的歌聲飛去／銜著枝枝的香木飛來」等。也有自由體詩以排比的修辭增強詩歌節奏感的試驗，如「我們飛向西方／西方同是一座屠場／我們飛向東方／東方同是一座囚牢／我們飛向南方／南方同是一痤墳墓／我們飛向北方／北方同是一座地獄」。

當然，郭沫若在強調此詩的形式特徵時，著重強調的是向西方華格納音樂學習的一面。這是因為，處在中國強大反傳統時代潮流中，若他著重強調與古代傳統，特別是宗教祭祀傳統相傳承的一面，勢必受到來自各方面的壓力。而且，處在五四時期劇烈的變革環境中，人們著重對詩歌表達的時代精神給予充分關注和讚美，而沒有過分地注意語言形式特徵。既便從形式特徵，也主要是從語言文字的層面，從白話新詩及自由體的角度來肯定其創新的一面，而忽略了詩歌的口傳性、表演性等原始要素。在現代詩歌逐步放棄吟誦功能，將詩歌由聽覺藝術逐漸轉變為視覺藝術的過程中；在詩歌的口傳性、表演性要素逐漸失落的過程中，郭沫若以他對詩歌的天才感悟，為我們保留了詩歌這些綜合性的要素。僅此一點，就足夠使這首詩歌在文學史上佔有非常重要的地位了。

詩的「寫」和「做」與郭沫若的文學史定位

從 1919 年秋天開始，上海《時事新報》之副刊《學燈》上陸續發表了筆名為「沫若」的詩作《抱和兒浴博多灣中》《鷺鷥》《鳳凰涅槃》《天狗》等，郭沫若這些情緒豐富複雜，風格多樣化的生命之詩，全面表達了五四時期新舊交替、除舊佈新的時代精神，是中華民族壓抑了幾千年的精神能量在瞬間的爆發。它那洋溢著巨大生命氣息又煥然一新的形式，把無數青年煽得如癡如醉，但當時「學院派」詩人對這些詩歌卻保持著相對的冷靜。

1920 年，作為作者的郭沫若和作為編輯宗白華相互通信，相互交換對新詩的看法，不自覺地又引發文壇對於詩歌創作的大討論。這場討論幾乎橫貫了上個世紀二十年代，吸引了當時中國文壇不同群體的參與。討論引出中國現代新詩發展的許多重要話題，其意義之深遠，值得我們仔細回顧與認真思考。

1920 年 8 月，郭沫若致長信於《學燈》編輯宗白華，就新詩及其他的問題與宗白華探討，在這封著名的長信中，郭沫若提出生命詩學觀，其間他描述了雪萊、歌德作詩時的情形，同時拋出一個重要的觀點：「我想詩這樣的東西似乎不是可以做得出來的，我想你的詩一定也不會是做了出來的。……詩不是做出來的，只是寫出來的」。〔註 1〕

郭沫若這一觀點，引起宗白華探討新詩的強烈興趣，宗白華當時正在編輯《少年中國》雜誌，他一邊將郭沫若的這封信在《少年中國》公開刊出，隨

〔註 1〕郭沫若：《致宗白華》，《三葉集》，《郭沫若全集》文學編第 15 卷，人民文學出版社，1990 年版，第 14 頁。

即在《少年中國》連續兩期出版詩歌專號，以此為話題，引發社會對於新詩的關注和討論。宗白華本人並不完全贊同郭沫若的說法，他將自己的觀點寫成《新詩略談》，與郭沫若商榷：

> 近來中國文藝界中發生了一個大問題，就是新體詩怎樣做法的問題，就是我們怎樣才能做出好的真的新體詩？（沫若君說真詩好詩是「寫」出來的，不是「做」出來的，這話自然不錯。不過我想我們要達到「能寫出」的境地，也還要經過「能做出」的境地。因詩是一種藝術，總不能完全沒有藝術的學習與訓練的。……〔註2〕

宗白華在與郭沫若的通信中，明確表示「反對直覺」，而且還從詩的形式美的角度，直率地批評郭沫若的詩嫌「簡單固定了點，還欠點流動曲折」。

比郭沫若出名更早的四川詩人康白情也加入了討論。巴蜀詩人共有的浪漫率性，使他更容易與這位巴蜀同鄉產生共鳴。郭沫若在那封長信中闡發的觀點，康白情總體上是贊成的。在《少年中國》第 1 卷第 9 期「詩歌專號」裏，康白情發表了談新詩的專文《新詩底我見》，這篇文章與郭沫若的觀點大同小異，他為新詩所下的定義為：「在文學上，把情緒的想像的意境，音樂的刻繪的寫出來，這種的作品就叫做詩。」〔註3〕康白情進一步地比較了舊詩與新詩的區別：

> 新詩所以別於舊詩而言。舊詩大體遵格律；拘音韻，講雕琢，尚典雅。新詩反之，自由成章而沒有一定的格律，切自然的音節而不必拘音韻，貴質樸而不講雕琢，以白話入行而不尚典雅。新詩破除一切桎梏人性底陳套，只求其無悖詩底精神罷了。

文章將「情緒的、想像的意境」作為詩的主要元素，有力地聲援了郭沫若詩歌主情重質的呼籲。康白情明確表示：

> 詩要寫，不要做；因為做足以傷自然的美。不要打扮而要整理，因為整理足以助自然的美。做的是失之太過，不整理的是失之不及。

但是在當時的詩壇，像康白情這樣有力地支持郭沫若的觀點，還真是找到不幾個。那怕是同樣以抒情為主要特色的青年詩人群體。當然，從康白情

〔註 2〕宗白華：《新詩略談》，《少年中國》第 1 卷第 8 期「詩學研究號」，1920 年 2 月 15 日。

〔註 3〕康白情：《新詩之我見》最早在《少年中國》第一卷第九期發表，後經修改後改為《新詩短論》再次發表。修改稿中對詩的定義改為：「在文學上，把情緒的，想像的意境，音節地戲劇地寫出來，這種的作品就叫做詩。」

對新詩的定義中，也涉及到新詩的形式問題。他主張以音樂的、刻繪的手段進行表現，這裡已經觸及到聞一多後來提出的詩歌「三美「主張中的音樂美和繪畫美。由於康白情是將新詩對於舊詩的改革方面作為重點，因此沒有更深入地討論詩歌的音樂性問題，只是籠而統之說「依自然的音節」。

由郭沫若引發的詩歌是「寫」，還是「做」的問題，也引起另一個詩人群體的關注。時為青年詩人的章衣萍（洪熙）明確反對沫若的觀點，他和同鄉詩友胡思永一塊討論詩時，共同表示：

> 我們很反對郭沫若詩是寫的，不是做的話。我們以為熱烈的情感和巧妙的藝術手段是同等重要的。單有熱烈的情感而沒有巧妙的藝術手段也不會做出好詩。郭沫若是一個有些做詩天才的人，只可惜他的藝術手段不高，所以女神並算不得一部成熟的作品。現在的詩人不可救藥的大病，便是糊裏糊塗的寫……，我們忠告現在的詩人，詩雖然不能矯揉造作的做，也不可糊裏糊塗的寫。〔註 4〕

章衣萍，本名章洪熙，又曾署名「章鴻熙」，安徽績溪人。是胡適的小老鄉，曾任過胡適的私人秘書（用龔明德先生的說法，實際上是胡適以這種可以接受的名義，來接濟貧困的青年同鄉的一種方式），他們的關係很好。章衣萍與當時年青詩人汪靜之、胡思永等一幫績溪老鄉過從甚密，常常聚在一起，互相交流寫詩作文的經驗，也常常受到胡適的幫助和鼓勵。上文中提到的胡思永，即胡適的侄兒。喜歡作詩，因患疾病，21 歲即去世。後由友人程仰之（晨光社同人）輯其遺作，成《胡思永的遺詩》三卷，由胡適作序。胡適對這個早夭的侄兒很是憐愛，且對他的詩也評價甚高，序中稱：「如果新詩中真有胡適之派，這是胡適之嫡派」。

章衣萍和胡思永等人與胡適的特殊關係，當然不希望橫空出世的郭沫若對當時的詩壇盟主有所威脅。再加之年青氣盛，憑一時興會，對郭沫若寫詩的觀點明確表示反對。但胡思永在與章衣萍的對話中同時又表示，須得「詩來找我才做詩」，這話的意思也就是說，寫詩需要有詩情、有靈感時，才能作詩。應該說，他所描述的寫詩狀態，與郭沫若的主張並無二致。顯然，章衣萍、胡思永等績溪詩人的看法是自相矛盾的。他們的主張淺嘗輒止，多有意氣用事的成分。這些文學青年不求甚解地批判，並沒有將討論引向更深入的學理層面。

胡思永等人的矛盾之處卻讓當時在天津的一批敏於思考的文學青年敏銳

〔註 4〕章洪熙：《萌芽的小草·一知半解的詩話》，《晨報附刊》，1922 年 12 月 20 日。

的捕捉到了。當時還在天津文匯學校讀書的詩人于賡虞與好友趙景深也開始對新詩進行熱烈的討論。於虞賡寫了《寫詩與藝術》〔註5〕一文，趙景深也作《詩是寫的》一文，共同探討新詩的特質和創作問題，並指出胡思永和章衣萍觀點的矛盾之處。他和文友趙景深在來往書信中，就新詩是「寫」出來的，還是「做」出來的這一問題進行反覆的辯難和討論。這些書信充滿了理性色彩，與其說是書信，不如說是短小的論文。為更真切地展示他們的觀點，現就他們書信的主要觀點作一摘抄：〔註6〕

景深兄：

《詩是寫的》，我已拜讀過了。我的《寫詩與藝術》，只談「詩來找我方作詩」，和「詩是寫的」是相成的，不是不容的。是為主張「詩來找我方作詩」，而反對「詩是寫的」者作的。並沒談到寫詩後與修飾問題。咱兩（倆）的意見，完全相同。

賡虞兄：

我未得你允許就將你的信發表了，請你原諒！

我極贊成你的話，「詩來找我才作詩」和「詩是寫的」自然是相成的，不是不容的。我知道你所指的是《晨報》上章洪熙的《一知半解的詩話》裏的話。其實不但你和我的意見相同，就是他的意見也未嘗不和我們相同哩。他所以反對「詩是寫的」，我想是他誤解了「寫」字，所以我才將「詩是寫的」這句話拿來解釋一下，說明寫的內包。他以為「詩是寫的」是等於「詩是完全寫的，一點藝術工夫也沒有」，自然他要反對，所以有這樣的矛盾，如果他知道「詩是寫的」這句話只不過是指著時說，作成後的修飾另是問題，我想他一定和我們的意見一樣；只因名詞範圍大小的關係，他便有如此的誤會了！

我那篇雜談《詩是寫的》是為章洪熙寫的，以及一般誤會這句話的人寫的，不是為你的文而寫的，不過也是因你的文而聯想到的罷了。

〔註5〕于賡虞：《寫詩與藝術》，這篇文章曾在他與趙景深的書信中提及，他後來的書信中也引用了其中的話語，但直到現在，還沒有發現這篇文章的全文。

〔註6〕于賡虞與趙景深的書信，初載天津《新民意報副刊．朝霞》，1923 年 1 月 7 日，引自解志熙、王文金編校，《于賡虞詩文輯存》（下冊），河南大學出版社，2004 年版。

他的誤會是:「詩是寫的,在全詩告成的起點和終點中的一切時間。」

我們所見到的是:「詩是寫的,在全詩的起點。」

弟,趙景深

上述討論中,郭沫若關於詩的「寫」與「做」被置換成詩歌的情感(內容)與藝術形式之間的關係。然後討論圍繞詩歌的內容和形式的關係問題展開。事實上,從邏輯的角度來說,「詩只是寫出來的,不是做出來的」暗含著下列的推理:只是做出來的詩,不是好詩,卻不包含「只是寫出來的詩,是好詩」。但人們在討論時,就將這個並不存在的推理作為討論的前提了。從而將郭沫若的意思理解為只要有熱烈的情感就可以做詩。趙景深為人通達,善解人意,其學術思維也多靈活圓通,所以,他求同存異,最後總結說:

我想四四方方的中國字,有些定義太含混,即就「詩是寫的」這句話看來,怎樣才算是「寫」,各人的說法便不同了。好在我還承認「有深的感想時才寫詩」,或者你不至於到「不敢請你贊同」的地步罷?

于賡虞作為一個很有鋒芒,敢於創新,又善於理性思辨的青年詩人。他並不止步於書信中點到為止的觀點表露。由郭沫若的觀點,引發這個年青詩人對新詩的理性探討,在個性方面,他與郭沫若有更多的相似之處,他們共同追求的是詩人「真我——自然的我」的純真人格。但是理性的冷靜,使于賡虞又重視藝術的修養和形式的表達。在《詩的自然論》中,于賡虞對新詩的質和形進行了闡發:

a. 個人要自然化,絕對不受拘束,依情之所以為歸宿。該憎惡時便憎惡,該痛哭時便痛哭,該慷概(慨)悲歌時,便慷概(慨)悲歌。而被黑霧迷困的假我,自然根本推翻,創出自我的宇宙,慢慢發現、發展人的本性天性,而達於真我——自然的我。個人既自然化了,還要對於自然界中的事事物物,直接觀察他們的現象,窺測他們的神秘,聽聽他們的聲調的美意。所以才能夠流露真情,不至落於無病呻吟的舊套裏。所以我以為個人自然化,和在自然界中的活動,是養成詩人人格的前提。

b. 個人要自然化,和個人在自然的環象中,所接觸的神秘,固然能得著真實性的瞭解,為詩的源泉,但這都是「質」的方面的事情。其次頂重要的，就是須有音樂和圖畫的修養。如有深刻濃厚的修養，就能寫出自然優美的音節，良好的詞句，可以寫成一種自然的美景。使讀者不覺生出自然的愉快和美感，所謂藝術的功用，也就在這裡了。

一九二二，十一，十七〔註7〕

與新的形式革命相比較，于賡虞更傾向於新詩的質的革命。直到1925年，于賡虞在《詩歌與思想》仍然將情緒的表達推為詩歌「質」的首要元素：

幾年來詩歌解放的運動已有端緒，但只是由文言變為白話，仍是形式的變遷，若不就根本的思想上著想，仍和五七言等的變轉沒有兩樣，只是不受韻律的束縛罷了。努力於詩歌內涵的拓張與豐富，實從事詩歌的人應負的責任。詩歌的靈魂是情緒——是人生和宇宙中間所融化成的一種渾然之情緒的表現。從此看起來，詩歌最要緊的質素是這樣情緒的表現，而非思想的敘述，是很淺近的道理了。我們如果不願意偉大的藝術流產，如果欲在詩歌的園地裏建築起一座奇偉燦爛的宮庭，實不能不注意到兩種混合體為詩歌寶庫的東西：

思想領域的拓大，深致，雄偉與銳利；

生活中有一個生動，活躍與獨自性的我在。

七月一日北京旅寓〔註8〕

很有意思的是，于賡虞在這篇短文的「附後」中，說他作此文時「曾翻開五六種英文書，兩三種中文書，」可見，他的上述觀點並不是隨手寫作的雜感，而是有充分學理和學術含量的見解。遺憾的是，于賡虞許多關於詩歌的真知灼見，沒有引起學界更多的注意，以致於他的許多重要而精闢的詩歌理論被後來的文學史遮蔽，大概是和他當時社會知名度，以及詩歌強烈的現代意識有關吧。

總而言之，郭沫若關於詩歌創作的這句話在社會討論和批判過程中，產

〔註7〕《詩的自然論》載《虹紋》季刊第1集，天津直一中學出版部，1923年1月1日出版。引自解志熙、王文金編校，于賡虞詩文輯存（下冊），河南大學出版社，2004年版。

〔註8〕于賡虞：《詩歌與思想》，原載《京報附刊·文學週刊》第27期，1925年7月11日版。解志熙、王文金編校，于賡虞詩文輯存（下冊），河南大學出版社，2004年版。

生了放大效應。他的觀點並沒有獲得詩壇的滿堂喝采，相反，招致了來自不同方面的質疑。郭沫若關於詩歌創作的這一自我陳述成為「主情主義」的代表性言論，並成為後人解讀郭沫若詩歌的依據和出發點。他的詩歌和關於詩歌的見解，在學院派詩人那裡遭到較為劇烈的批評。最有代表性的是孫大雨的一篇評《女神》與《星空》的長文〔註 9〕。作者鋒芒畢露，認為中國初期白話詩完全不值一提：

> 六七年來的成績不過如是而已！所謂學者底新詩，除了喊幾聲努力，拋幾個炸彈而外，再沒有別的技能了，此外如康（白情）、俞（平伯）、劉太白、鄭振鐸、朱自清、葉紹鈞、汪靜之、徐玉諾，以及各處大學中學裏車載斗量的「詩人」，沒有一個做過一首真是可稱為詩的，賞過我們的眼福。稍有成就的只徐志摩，梁實秋，聞一多，郭沫若四人，而就中郭詩尤受人讚譽，共尊為藝術底藝術，未免言過其實。這一半確因佳作稀少之故，一半也因群眾井底窺天所致。〔註 10〕

不管怎樣，孫大雨還是將郭沫若與徐志摩，梁實秋，聞一多並列，看做中國新詩人中少有幾個代表性人物。他也讚揚郭沫若做詩，貴在人格的真誠。但也僅此而已。緊接著，孫大雨在與外國許多著名詩人的對照中展開對郭沫若詩歌，特別是對《女神》第二輯的尖銳批評：

> 沒有深沉的人格大概可歸原於沒有特具的內心境界，有時修養與訓練卻能把這境界開闢出來。反之，如作品有了個性之後，往往容易失之過激。力量豐厚的作品容易變成粗暴坦直，色彩用過分了會麻痺感覺的成分，……郭君底作品（尤其是初期的）熱烈是熱烈了，但在這一點上是幼稚得可笑。——情感潮汎時粗暴坦直，不粗暴坦直時便很不深摯有力。〔註 11〕

〔註 9〕孫大雨署名「子潛」的長文《郭沫若——〈女神〉與〈星空〉》，連載於《清華週刊．文藝增刊》第 6 期（1924 年 10 月）、第 7 期（1924 年 11 月）、第 8 期（1924 年 12 月），文章沒有結尾，顯然是作者意猶未盡，卻因為各種原因沒有寫完或繼續刊載。不知何故，該文一直沒有收入目前所見的郭沫若研究資料彙編本。

〔註 10〕子潛：《郭沫若——〈女神〉與〈星空〉》（一），《清華週刊．文藝增刊》第 6 期 1924 年 10 月。

〔註 11〕子潛：《郭沫若——〈女神〉與〈星空〉》（二），《清華週刊．文藝增刊》第 7 期 1924 年 11 月。

基於上述看法，孫大雨認為郭沫若的《鳳凰涅槃》《天狗》「便是兩匹溜韁的劣馬，駕駛者已失去統馭的能力，烈火燒盡了尾鬣，痛得他們兩目失明，只向前狂奔亂竄。」

以不同的詩學觀去評價，肯定會得出截然不同的結論。無論是以溫柔敦厚為詩美的中國傳統美學觀，還是以暗示和象徵為基本手段的象徵詩派，郭沫若這種對生命本體的直接呈現方式，他們都是不能接受的。孫大雨的看法其實代表了學院派詩人群體的看法。當然，他還是充分肯定了郭沫若《女神》中第三輯詩歌的詩意美。平心而論，孫大雨的評論看到郭沫若風格的多樣性，並從詩歌形式美的角度給予了不同的評價，總體還是從藝術和美學的角度作出的判斷。

問題在於，郭沫若是一個天才詩人，在新舊交替的時代，他要為新的世界鳴鑼開道，還真是需要這種突破一切的吶喊。他將瘋狂情感表達到極致，這種呼叫絕對突破了中國傳統美學可以允許的極限。在對中國古典美學有著深厚情感的學院派詩人那裡，郭沫若成為一個只重質，不重形的自由詩、白話詩的代表人物就是必然的了。郭沫若之後的有些詩人，以郭沫若為幌子，東施效顰，將空洞無物的濫情和無病呻吟，都視為浪漫主義的表現，真是誤解了郭沫若。所以，上世紀 30 年代朱自清在《1917～1927 中國新文學大系·詩集》導言中說：

> 「詩是寫出來的」一句話，後來讓許多人誤解了，生出許多惡果來；但於郭氏是無損的。他的詩有兩樣新東西，都是我們傳統裏沒有的：——不但詩裏沒有——泛神論與 20 世紀的動的和反抗的精神。中國缺乏瞑想詩。詩人雖然多是人本主義者，卻沒有去摸索人生根本問題的。而對於自然，起初是不懂得理會；漸漸懂得了，又只是觀山玩水，寫入詩只當背景用。看自然作神，作朋友，郭氏詩是第一回。至於動的和反抗的精神，在靜的忍耐的文明裏，不用說，更是沒有過的。不過這些也都是外國影響。——有人說浪漫主義與感傷主義是創造社的特色，郭氏的詩正是一個代表。〔註 12〕

朱自清這段話，幾乎成為文學史對郭沫若詩歌的定評。朱自清雖然承認郭沫若這個觀點遭到文壇的誤解。但是最終還是將郭沫若作為浪漫主義的代

〔註 12〕朱自清：《1917～1927 中國新文學大系·詩集導言》，引自童慶炳編：《二十世紀中國文論經典》，北京師範大學出版社，2004 年版，第 231 頁。

表而排定他在文學史上的地位。而且無論是後來文學史中倒「郭」派，還是挺「郭」派，最終都忽略了他那些平和沖淡的詩歌。這樣，郭沫若那些充滿古典風及東方風味的詩歌被遮蔽而淡出人們的視野，直到21世紀重新被發現。〔註13〕而在文學史中，只留下了一個豪氣衝天的怒吼詩人形象。

而郭沫若本人，關於由他引起的眾多爭論，倒並沒不太在意，也沒有介入爭論，他只在《創造》季刊插入的短評中感歎道：

> 我說詩是寫的不是做的，有些人誤解了，以為是言不由衷地亂寫；或則把客觀的世界反射地謄寫。啊，說話真不容易。〔註14〕

但他一直沒有放棄這個看法。時隔十年後，他在其自傳體作品《創造十年》中再一次重提：

> 在1919年與1920年之交的幾個月間，我幾乎每天都在詩的陶醉裏。每每有詩的發作襲來就好象生了熱病一樣，使我乍寒乍冷，使我提起筆來戰顫著有時候寫不成字。我曾經說過：「詩是寫出來的，不是做出來的，」便是當時的實感。〔註15〕

這段話再次強化了他對詩歌寫作的原初見解，勾起人們對於那場大討論的記憶，從而加深了他作為浪漫主義詩人印象。的確，作為中國現代轉型初期的詩人，他強調文學是「生的顫動，是靈底喊叫」，是情緒的直寫。詩歌的功能就是情感的渲瀉，要渲瀉就要有聲音，有感叫、有歎息。他提出文學的本質是有節奏的情緒世界。這些詩歌觀上承《毛詩序》「情動於中而形於言，言之不足故嗟歎之……情發乎聲，聲成文謂之音。」更多地回應著詩、樂、舞三位一體和詩歌口語化、歌謠化的原始風，回應著中國詩歌的屈騷傳統，〔註16〕衝擊了後來中國文人溫柔敦厚的傳統詩學觀。所以在上個世紀引發如此多的討論，受到如此多的質疑就是必然的。一個時代有一個時代的詩學觀，不

〔註13〕2007年，朱壽桐先生的論文《郭沫若早期詩風、詩藝的選擇與白話新詩的可能性——論《女神》集外散佚詩歌》對郭沫若不同風格的詩歌進行了較全面的研究，2008年，蔡震先生編輯的《女神》及佚詩（初版本）出版，對於人們完整的、歷史地瞭解郭沫若早期詩歌創作提供了很好的研究文本。其後，人們對郭沫若早期詩風的多樣性開始更多的關注。

〔註14〕郭沫若：《曼衍言6》，創造季刊第一卷第二號，1920年8月25日，第52頁。

〔註15〕郭沫若：《創造十年》，《郭沫若全集》文學編第12卷，人民文學出版社，1992年版。

〔註16〕關於《女神》與屈騷傳統的關係，參見李怡：《女神》與屈騷》，《跨越時空的自由——郭沫若研究論集》，東方出版社，2008年版，第6～8頁。

同的時代有不同時代的詩學觀。就像莎士比亞戲劇在古典主義時期不為人重視，百年之後又才重新煥發出耀眼的光芒一樣。郭沫若的詩歌在破舊立新五四時期產生轟動是必然的，在後來的歌舞升平的時代不被重視也是必然的。

郭沫若文學創作的個性氣質與兒童視角

關於郭沫若的個性，比較有代表性的看法，是老舍先生的一段評價。1941年，國共兩黨曾共同為郭沫若祝五十大壽，老舍在《我所認識的郭沫若先生》中說：

> 沫若先生是個五十歲的小孩，因為他永是那麼天真、熱烈，使人看到他的笑容，他的怒色，他的溫柔和藹，而看不見，彷彿是，他的歲數。〔註 1〕

老舍先生稱他是五十歲小孩。他認為，郭沫若性格的底色是真誠、坦率、熱情；另外還有一種看法，認為郭沫若性格複雜多變，較為典型的屬陳明遠的一段議論：

> 郭沫若在心理學分類上屬於一種矛盾、多元（多重性）的人格型。一方面，外向、情慾旺盛、豪放不羈；另一方面，內藏、陰鬱煩悶、城府頗深。一方面熱誠仗義，另一方面趨炎附勢。〔註 2〕

另外，在評價郭沫若創作時，又有人認為他的作品很淺顯，意思直白，不像魯迅那樣有思想的深度，也就不那麼富有「文學性」。這些看法其實包含了兩個問題：一，在郭沫若看似複雜矛盾的性格中，有沒有主導的方面，如

〔註 1〕老舍：《我所認識的郭沫若先生》，舒濟編：《老舍散文選集》，百花文藝出版社，2009 年，第 255 頁。

〔註 2〕陳明遠：《湖畔散步談郭沫若》，丁東編：《反思郭沫若》，作家出版社，1999 年，第 254 頁。

果有，應該是什麼？二，即使是在文字上淺顯直白的作品，從「文學性」的角度，有沒有他的價值和意義？

今天我們就結合上述兩個問題進行討論。

一、郭沫若新詩創作的童心和童趣

我們最好還是從作品入手，換一個角度來認識郭沫若的個性氣質以及文學價值，那就是兒童文學。站在這一角度來讀郭沫若的文本，就會讀出另一種韻味。郭沫若在很多時候，是以一顆童心來寫詩作文，同時也不斷以「做人要一片天真」來努力實踐著對自己人格的要求。他那些被人們認為是淺顯直白的詩歌，其實是最具兒童文學特質，非常適合兒童閱讀的作品，這些作品不一定為成人所喜好，就好比當今的動漫形式的文本，成人和兒童的感受和理解就可能會出現天壤之別。我們可以舉出五四時期他初入文壇時創作的一些詩歌進行討論。首先請看他的詩歌《夕暮》：

一群白色的綿羊，
團團睡在天上，
四圍蒼老的荒山，
好像瘦獅一樣。

昂頭望著天
我替羊兒危險，
牧羊的人喲，
你為甚麼不見？〔註 3〕

這首詩歌看起來較為單純淺顯，沒有所謂的主題和思想深度，就是兒童之眼看到的一幅自然畫面。小朋友隨意環視周圍的景色，萬物有靈的兒童思維使孩子將天上的團團白雲想像成綿羊，將四周的荒山想像成瘦獅，綿羊與瘦獅，自然形成一種緊張的關係，既強者和弱者的關係。在這樣特別的想像中，兒童自然擔心羊兒的命運，油然而生出對弱者的同情。

作者完全化身為兒童，以兒童的視角來觀察事物。四周的景色相互作用，形成了一幅有兒童的主體意識參與互動的有機場景，生趣活潑、渾然天成。特別可貴的是詩歌在不知不覺中，表現出一種純真的同情心，這種同情是人

〔註 3〕郭沫若：《夕暮》，收入詩集《星空》，上海泰東圖書局，1923 年 10 月，引自《郭沫若全集》文學編第 1 卷，人民文學出版社，1982 年，第 211 頁。

類道德的基石，是人類最起碼的價值尺度。詩歌結尾在天真的反問中，不經意地完成了對兒童的道德薰陶。廢名曾盛讚這首詩說：

> 郭沫若有一首《夕暮》，是新詩的傑作。
>
> ……
>
> 這首《夕暮》我甚是喜愛。新詩能夠產生這樣的詩篇來，新詩無疑義的可以站得住腳了。
>
> ……
>
> 詩人的感情碰在所接觸的東西上面，所接觸的如果與詩感最相適合，那便是天成，成功一首好詩，郭沫若的《夕暮》成功為一代的傑作，便是這個原故。這首《夕暮》，不但顯出自由詩的價值，也最顯出自由歌唱的詩人的個性，也最明顯的表現著自由詩的音樂，可謂相得益彰了。〔註4〕

在廢名看來，自然天成的詩就是詩趣和童心相融合的詩。廢名並沒有以郭沫若那些充滿了男性粗獷豪放音調的詩歌作為準繩來評價他的自由詩的成就，而是以這些具有童心童趣的詩歌來衡量自由新詩的成熟，其意味是非常耐人尋味的。再來看郭沫若的另一首詩《兩顆大星》：

> 嬰兒的眼睛閉了，
> 青天上現出了兩個大星。
> 嬰兒的眼睛閉了，
> 海邊上坐著個年少的母親。
>
> 兒呀，你還不忙睡吧，
> 你看那兩個大星，
> 黃的黃，青的青。
>
> 嬰兒的眼睛閉了，
> 青天上出現了兩個大星。
> 嬰兒的眼睛閉了，
> 海邊上站著個年少的父親。
>
> 愛啊，你莫用喚醒他吧，
> 嬰兒開了眼睛時，

〔註4〕馮文炳（廢名）：《談新詩》，北平新民印書館，1944年，第193頁。

星星會要消去。〔註5〕

《兩顆大星》是一首什麼樣的詩歌呢？我們完全可以看成一首搖籃曲，是成人唱給嬰兒的催眠的歌。對嬰兒，你能要求思想深度嗎？它本來就應該內容單純，詞句簡短；因為是唱詞，所以要有旋律，要迴旋反覆，要有音樂性。搖籃曲要求韻律舒緩、要有利於造成寧靜安定的氣氛，促使幼兒情緒穩定地進入睡眠狀態。這首詩在星星、大海、青天構成的意境中，給孩子營造一個溫馨、柔和、安寧的氛圍，引導兒童進入一種美好的夢幻狀態，使嬰幼兒的神經放鬆，在愛的搖籃中，逐步地進入甜美的夢鄉。

當然，這首很簡單的詩歌，其實也含有象徵意義。他的象徵意義是什麼呢？「兩顆大星」象徵著父母對孩子的愛。正是在愛心呵護下，孩子才能安然入睡。這些詩歌對於孩子而言，是愛的乳汁，在這樣的環境下成長的孩子，才有健康的情緒，和諧的身心。這首詩雖然站在成人角度，但它是專門為兒童而作，最適宜兒童接受的，它是以成人視角來表現童心和愛心的詩歌。

再來看詩集《女神》中的另一首詩《光海》，這首詩於 1920 年 3 月，發表於《時事新報・學燈》。遺憾的是，這首詩一直沒有引起兒童文學界的注意。這是一首在詩人的本真狀態下從心底流淌出來的詩，它來自三方面的自然：

一是郭沫若幼年生活在相對封閉的四川鄉鎮，那裡純樸的人情世態沒有玷污詩人的心靈。創作這首詩時，年青詩人不過是峨眉山的一滴清泉剛剛流到日本海，他仍保持著赤子之心。二是年輕的詩人在日本與日本姑娘安娜結婚後，於 1917 年與安娜生下了第一個兒子郭和夫。由於生活窘迫，無錢雇保姆照顧孩子，於是初為人父的郭沫若一有空閒，就帶著兒子在博多灣的沙灘上盡情戲耍。這給他提供了在遊戲中面對面、心對心觀察兒童的機會。與自己的兒子共同嬉戲的場景往往成為觸發詩情的媒介。「和兒」那天使般純潔的童真，使初為人父的郭沫若大為感動。作者的童心被大大激發，即時即景，於是吟出了好些自然天成的詩。三是博多灣的美景。詩人生在蜀犬吠日的四川，對於陽光特別的敏感。博多灣千代松原的新鮮風景刺激著詩人，大海、沙灘、青松、年青的父親與稚嫩的兒子共同沐浴在豔陽普照的大海邊，

〔註 5〕郭沫若：《兩顆大星》，原載 1923 年《創造季刊》1 卷 4 期，後收入詩集《星空》。引自《郭沫若全集》（文學編）第 1 卷，人民文學出版社，1982 年，第 217 頁。

詩人有如神助，一下捕捉到存在於人類中最直接、最樸素的原型經驗：對光的感受。

在人類集體的心理經驗中，光是混沌的終結，時空的起始，陰陽的裂變，生命的初始。光使世界色彩豐富，變化萬端，變得可感、可視、可知，光投射於人類的心靈，使人類的靈性被一點點激活，成為有智慧的生物。在太陽強光的照射下，詩人瞬間產生了強烈的視覺變形。山在強光的照耀下，成為一堆燃燒的火焰；海水在陽光的揮灑下，鋪成一片白銀。這片白銀居然又隨波起舞，銀波幻化為聚焦的鏡子，把天上白雲和水中的帆船聚焦為競相賽跑的熱烈場面，好一幅萬類生命競自由的畫面。生命律動產生強烈的共振，充盈高漲的生命意識給詩人一種神秘的、天啟的審美感覺。詩歌寫陽光照射在自然萬物之上產生的神奇變異，寫詩人置身其中的感覺印象，如「光海」，「我和阿和／我的嫩苗／同在笑中笑」，「我們要在你懷兒的當中，洗個光之澡。」這些詞的超常組合，是客觀場景和主觀意識的交叉融合，造成了感覺畫面中的深邃意境。

《光海》的結尾，把詩歌提升到超凡脫俗的境界，「和兒」饒有情趣地把父親說成一隻飛鳥。一個比喻，完全打破了成人的習慣性思維，將生命一體、互滲同構原始思維的特徵表露無遺。縱觀此詩，我們不能不驚訝詩人穿透歷史時空、直抵東方思維源頭的直覺感悟能力。

由此可見，五四時期郭沫若崇尚的泛神論思想，與兒童的思維方式是相通的。在這種萬物有靈的直覺思維觀照下，萬物都和人一樣，有生命，有感情，有思想，能哭也能笑。而且，由於人和自然萬物能夠產生生命共感，其精神情緒是相通相應的，詩人和兒子在光海中洗澡的歡快情緒，與天地大海也是相通的。都處在自我與萬物同在歡笑的情態之中。

討論以上三首詩歌，實際上是希望瞭解兒童文學可以有兩種表達的視角：一是化身為兒童，以兒童的眼睛看世界，如《夕暮》；一種是成人用兒童理解和適合的語言為兒童營造或者講解世界，如《兩顆大星》；《光海》則是這兩種視角的綜合運用。郭沫若早期詩歌中，存在著類似表現童心和童趣的大量詩歌，如《登臨》《輟了課的第一點鐘裏》《鷺鷥》《晴朝》《春之胎動》《新月》等，以及詩劇《黎明》《廣寒宮》。在小說和散文中同樣有類似的作品。比如他以動物為題材的小說和散文，就有好多篇，光是寫養雞的作品，早期就有五篇，都是很有兒童情趣的文學作品。

二、郭沫若兒童文學觀的價值取向

下面，我們由郭沫若的創作文本繼續探討他的兒童文學觀。這是郭沫若創作理念的一個重要部分。五四時期，隨著進化論在中國的傳播，「人的文學」在中國的確立，兒童的地位也進入了五四啟蒙思想家關注的視野。兒童該擁有什麼樣的文學，兒童文學作品該怎樣創作，成為五四文學領域中小小的熱點。周作人從 1912 年開始，由對民俗學的興趣而進入童話、兒歌的研究。五四期間，應和著人道主義思想的倡導，他對兒童文學理論的研究遂成為自覺的意識。1920 年 1 月，周作人在北京孔德學校作了《兒童的文學》的著名演講，他仔細考察了不同年齡階段的兒童適宜哪些些讀物。當時的文化大師，如魯迅、胡適、葉聖陶、鄭振鐸等也都分別從理論和實踐去探討兒童文學的本質和特徵。兒童文學作為獨立的學科和文學領域遂得以確立。應和這一熱點問題，1921 年，郭沫若作了一篇專論兒童文學的文章《兒童文學之管見》，也發表了有關兒童文學的重要觀點。郭沫若在《兒童文學之管見》中明確提出：

> 兒童文學底提倡對於我國徹底腐敗的社會，無創造能力的國民，最是起死回春的特效藥。……今天的兒童便為明天的國民〔註 6〕

郭沫若首先從政治啟蒙、國民改造的角度提出兒童文學的問題。兒童是未來的國民，是敢於「自由創造，自由表現」的優秀國民的雛形。兒童的成長與教育有關國家民族未來。這種認識，不獨是郭沫若，可以說是五四時期啟蒙思想家普遍的認識。且看五四初期兒童文學倡導者的觀點，葉聖陶呼籲：「為最可寶愛的後來者著想，為將來的世界著想，趕緊創作適於兒童的文藝品，總該列為重要事件之一」〔註 7〕；黎錦暉創建《小朋友》雜誌是為了使小朋友「鍛鍊身體、增加智慧，陶冶感情，修養人格，一年年長成千萬萬健全的國民，替社會服務，為民族增長」〔註 8〕。

但是郭沫若在回答什麼是兒童文學這一問題時，卻又強調兒童文學的自足性，他說兒童文學：

> 是用兒童本位的文字，由兒童底感官可以直訴於其精神底堂奧

〔註 6〕郭沫若：《兒童文學之管見》，1921 年 1 月 15 日《民鐸雜誌》第 2 卷第 4 號。

〔註 7〕葉聖陶：《文藝談·七》，原載《晨報》副刊，1921 年 3 月 12 日；引自韋商編：《葉聖陶和兒童文學》，少年兒童出版社，1990 年，第 439 頁。

〔註 8〕黎遂：《民國風華——我的父親黎錦暉》，團結出版社，2011 年，第 49 頁。

者，以表示準依兒童心理所生之創造性的想像與感情之藝術。兒童文學其重感情與想像二者，大抵與詩底性質相同；其所不同者特以兒童心理為主體，以兒童智力為標準而已。〔註9〕

這裡，郭沫若站在兒童本位的立場，強調真正的兒童文學，是照兒童心理，在自由的想像和感情中創造的文學，是把一切看成有生命的個體的文學。直到 1943 年，在《本質的文學》一文中，郭沫若仍強調兒童文學的境界是很高很難達到的，「頂不容易的是在以淺顯的語言表達深醇的情緒」，「要你能夠表達兒童的心理，創造兒童的世界，這本質上就是很純很美的文學。」〔註 10〕

在郭沫若的兒童文學活動中，《兒童文學之管見》是一篇綱領性的文章，其中的重要觀點甚至左右了郭沫若自身的文學創作方向。但這篇文章的觀點是多元博雜的，既有當時政治啟蒙的時代需求，又有由他的個性氣質所決定的審美選擇。這不僅僅是他個人的矛盾，也是當時新文學的一種矛盾和悖論的體現。從啟蒙和改造國民性的角度，要造就未來的國民，兒童文學便擔負著教育兒童，訓練兒童的啟蒙重任。但是從文學審美的角度，從兒童本位的角度，又必須尊重兒童的心理和思維特徵。這兩種取向的融合預示郭沫若一生在兒童觀和兒童文學創作上努力的方向。

總體說來，上個世紀 20 年代初，郭沫若以自由知識分子的身份，以文化個體的身份自由創作時，他以自己的童心，寫著活潑的童趣。後來，郭沫若積極投身社會改造的活動之中，他的兒童文學觀更重在表達對兒童是「未來的國民」的期許。但更多地時候，又同時強調兩種取向的不可偏廢。如在抗戰時期，郭沫若曾為組建「孩子劇團」花費了很多心血，他非常關心「孩子劇團」在抗戰中所起到的特殊作用，一方面充分地肯定小朋友為抗戰所作的貢獻，堅決地相信，「就要由這些小朋友們——永遠的孩子，把我們中國造成地上的樂園」。另一方面，他又反覆告誡成人：「在精神上永遠做孩子吧，永遠保持敏感和伸縮自如的可朔性吧。」〔註 11〕

郭沫若在從事抗日宣傳領導工作時，常以通俗易懂的詩歌形式來宣傳中

〔註 9〕郭沫若：《兒童文學之管見》，1921 年 1 月 15 日《民鐸雜誌》，第 2 卷第 4 號。

〔註 10〕郭沫若：《本質的文學》，原載《戰時教育》第 7 卷第 11、12 期合輯，1943 年；初收《沸羹集》，引自《沫若文集》第 13 卷，第 68～70 頁。

〔註 11〕郭沫若：《向著樂園前進》，《新蜀報》，1941 年 3 月 27 日。引自王錦厚編：《郭沫若散文選集》，百花文藝出版社，2009 年，第 186 頁。

華民族的偉大精神。這一時期他寫了不少兒歌，以教育兒童從小就要有愛國的覺悟與觀念，從小就要養成優秀的品格和健康的精神。但他仍然注意了兒童詩歌的特徵，並不生硬地灌輸教條和口號。如《七七幼稚園歌》，就以當時國民政府軍事委員會三廳的工作和生活環境中的物象白果樹和水牛山起興，以白果樹的高大端正和水牛的踏實堅韌來激發孩子們的精氣神，希望他們養成優秀高尚的性格和品格：

白果樹下有花園，
一群小主人。
我們大家真高興，
有志氣，有精神，
都像白果樹一根。
又高大，又端正，
我們要撐到天邊摩到雲。

水牛山上有好花，
小鳥在唱歌。
我們大家真快活。
學讀書，學寫字，
都像水牛推磨兒。
不做聲，不洩氣，
我們要邁著腳步踏著地。〔註 12〕

這一時期，郭沫若仍然把「童心」作為文學的底色，他認為在此基礎上再加以文學的本領，才能創造出真正的文學作品：

中國在目前自然是應該盡力提倡兒童文學的，但由兒童來寫則僅有「兒童」，由普通的文學家來寫也恐怕只有「文學」，總要有兒童的心和文學的本領的人然後才能勝任。因而年青的小友對於文學修養的努力是必要，而既成作家向天真無邪的心境之恢復也是必要。〔註 13〕

〔註 12〕郭沫若：《七七幼稚園歌》，引自郭沫若：《洪波曲》，人民文學出版社，1979 年。

〔註 13〕郭沫若：《本質的文學》，原載《戰時教育》第 7 卷第 11、12 期合輯，1943 年；初收《沸羹集》，引自《沫若文集》第 13 卷，人民文學出版社，1961 年，第 68～70 頁。

中華人民共和國成立後，郭沫若的角色進一步發生變化，作為國家領導人，他需要從培養紅色接班人的角度來教育兒童，鼓勵兒童。1950 年第一次全國少年兒童工作幹部大會上的講話中講：

> 少年兒童工作的確是一項很重要的工作，這是樹人也是建國的基礎工作。建設新國家新社會最主要的因素是人的因素，今天的少年兒童就是明天的新民主主義社會，社會主義社會乃至共產主義社會的建設者，我們要使今天的少年兒童能真正擔負起未來的國家主人翁的責任，一定要在他們的少年兒童時代加緊對於他們的工作。〔註 14〕

此後在每一年的「六一」兒童節，郭沫若基本上都要發表講話或寫詩來表達這些願望。這些講話和詩歌，基本上代表國家領導人和紅色長輩對少年兒童殷切期望，如《獻給兒童節的禮物》《青年與春天》《永遠的春天》等。直到 1963 年六一兒童節來臨之時，郭沫若發表講話《長遠保持兒童時代的精神》，希望自己「還是一個兒童」，因為「兒童時代對於客觀新生事物最敏感，每時每刻在不知不覺之間都在進行著學習，」〔註 15〕即使是郭沫若的晚年時期，他一旦和兒童對話，那種率真的天性便不自覺的流露出來。如 20 世紀 50 年代的新詩《孩子們的衷心話》：

> 我們要去爬山，要去把船劃
> 請你們也一道去吧，一道去吧！
> 不是說太陽是生命的源泉嗎？
> 多去和太陽見面，咱們不要怕
>
> 不准爬山，怎麼能夠去勘探？
> 不准划船，怎麼能夠去臺灣？
> 不准走遠，怎麼能夠去探險？
> 不准行軍，怎麼能夠去當兵？
> 我們不怕摔跤，不怕風吹雨打
> 就只怕把我們死死地關在家；
> 像隻籠子裏的小鷯哥一樣啊，

〔註 14〕郭沫若：《為小朋友寫作——在一次全國少年兒童工作幹部大會上的講話》，《人民日報》，1950 年 6 月 4 日。

〔註 15〕郭沫若：《長遠保持兒童時代的精神》，《文匯報》1963 年 5 月 31 日。

兩隻翅膀兒都要被人們關痳。〔註 16〕

郭沫若站在孩子的角度，向成人社會表達兒童的訴求，既有時代意義，又有不可忽視的現實指導意義。聯繫今天的現實，許多家長和學校只強調成績、分數，而忽視了社會大課堂對孩子們品格、意志以及知識的鍛鍊和獲取。這首詩對於今天的教育仍有可貴的糾偏和救正的作用。

三、「童心主義」以及以兒童為題材的成人作品

五四時期，與兒童本位的發現相伴隨的是「童心崇拜」。童心能夠自由地遊戲、大膽地創造……童心的這些可愛品格，使得五四時期剛剛掙脫了封建綱常束縛的人們不由不對之衷心膜拜。對童心的發現，並非完全是中國現代作家自覺的行為，在很多情況下是受印度詩人泰戈兒的影響，泰戈爾的《新月集》影響著一大批中國現代作家。在這部詩集中，兒童世界被看成是與污濁的現實世界相對的冰清玉潔的理想世界。於是，在兒童文學的提倡和創作之初，周作人、朱自清、俞平伯、劉半農、王統照，郭沫若、葉聖陶、冰心等紛紛寫下一首首讚美詩，將兒童當作「神」來歌頌。表面上是這些作家對「童心」的吟唱，深層來看，卻寓含著成人的生命體悟和美感追求，也寄寓著成人對理想社會的夢幻。如最熱烈的童心歌頌者冰心，她的《繁星》《春水》《寄小讀者》等集子中許多詩文都是被推為兒童文學佳作而載入各種兒童文學作品專集或選集。然而，嚴格看來，冰心的這些詩文只是「讚美」童心而非「表現」童心，其立足點是表現成年人通過觀照童心進而觀照理想世界、理想人格的人生態度。這些作品雖然充滿了「童心主義」的人生主張和哲學認知，但由於沒有能進入兒童的生命空間，沒有展開兒童的心靈體驗，所以只能算做以兒童為題材的成人作品，不能算做真正的兒童文學作品。

由此，我們就注意到郭沫若的創作中，還有一種類型，即以兒童為題材，卻重在表現成人的思想感情。小說中對兒童的描寫和思考，往往是作者在物質生活的困頓和事業無著的生活背景下展開。如早期的短篇小說《月蝕》記述他將自己的幾個兒女帶回國內，卻無法給他們一個健康成長環境而內疚的心境。「月蝕」是一個中心意象，是殘缺現實的象徵。圍繞這個中心意象，作

〔註 16〕郭沫若：《孩子們的衷心話》，作者為 1955 年為慶祝六一兒童節所作。曾編入《駱駝集》，《沫若詩詞選》等，引自《沫若詩詞選》，人民文學出版社，1977 年，第 8 頁。

者以輪式輻射結構，講述了幾個故事：一是從日本回上海，去吳淞看海，卻因路費不夠而作罷。改去黃浦灘公園，又因備受歧視，備嘗亡國奴的滋味的故事；一個是由大海和月亮，想起故鄉流傳的天狗吞月的故事，由此引發的鄉思鄉愁；還有就是回憶在日本時和鄰居宇多姑娘一家的關係及變化；另一處還記敘了日本夫人一個夢境，這個夢表現了日本妻子去國離鄉的隱憂和對愛人命運的擔心。小說中一再將博多灣和家鄉的天然美景與都市的重重束縛相對比；將日本宇多姑娘父母的勢利與宇多的純情相對比；以「我」和夫人對家園嚮往與飄泊生涯相對比；以夫人夢中對丈夫隱隱的擔憂與自己對宇多姑娘的絲絲牽掛相對比。這些故事折射著作者心中交織著的多重矛盾：自然與都市的矛盾、家庭現實與純美愛情的矛盾、家園與飄泊的矛盾、科學之真與人性之善的矛盾、兒子成長的理想環境與現實生活貧困的矛盾。

上述矛盾在郭沫若的小說《飄流三部曲・歧路》插入的一首詩歌中〔註17〕也反應出來。新月如鉤的黃昏，作者帶著兩個兒子在街樹下逍遙。兒子在歡呼雀躍中欣欣然追隨，而「我」卻在對無處躲藏的小鳥的憐憫中，哀歎著自己的身世。在小說中，作者可以將心中種種矛盾從容地展示出來，將人性中複雜的柔弱一面暴露出來。在這些小說中，童心往往成為現實的參照，成為複雜人性的參照。那是一個告別青春的陣痛，是成人的儀式。是破繭出蛹的痛苦。

這就又回到我們最初提及的郭沫若個性中單純和博雜之間矛盾：郭沫若近乎本能的熱愛兒童文學，一是他的個性使然，他是一個率性而為的詩人，但又是一個異常敏感、內心世界非常豐富的詩人。他嚮往著純真的天性，卻又發現自己永遠徜徉在物質與精神的牽扯中。在短篇小說小說《聖者》裏，他一面表達著理想的兒童生活應該是與自然親近的生活的願望，一邊又懺悔因為自己飄泊無定的生活，讓自己的孩子們在上海這種極不自然的都市中失掉健康的娛樂。他羨慕著自己的兒子無憂無慮的單純，但又意識到世界的誘力太大，自己不可能拋棄世界，拋棄社會責任隱逸鄉間。意識到要徹底地回歸兒童的天性，就必須與世事保持距離，但是「入世無才出未可」，自己並不甘心無所作為的一生，所以他把兒童看作「聖者」，將童心放在天國的位置，

〔註17〕原詩見郭沫若《歧路》，《創造週報》，1924年2月24日，原無標題，收入《〈女神〉及佚詩》時，添加了標題《失巢的瓦雀》，參見蔡震編：《〈女神〉及佚詩》，人民文學出版社，2008年，第283頁。

只可仰視追慕，不能完全踐行。

其實單純也可能和博雜聯繫在一起，互相轉化，因為單純，就容易變化，而且迫不及待地將這種變化明顯地表現出來。郭沫若常常在作品和時文中，大膽地毫無保留地發表他的看法，這種看法和觀念也許是瞬間的念頭，郭沫若卻那樣強烈地、不留餘地地甚至是誇張地表達。如果在一個較長的歷史時段中，這些無數個瞬間的、然而又是不同的表達連續呈現出來時，人們以全貌觀之，郭沫若就成為一個萬花筒似的人物了。

早期郭沫若其人其詩的讀者反應考察
——以四川同鄉詩人為例

郭沫若作為一個球形發展的天才，在中國現代文化史扮演了多重角色，也正是這種多重性，使他遭遇了角色定位的尷尬。後世研究往往固執其一端，而忽略另一端。特別是新時期以來的郭沫若研究，從純粹文學或歷史學的學科體系出發，往往將郭沫若分割為文學家、歷史學家等，用此專業或彼專業的準繩來衡量郭沫若。這種片面的專業定位，對郭沫若評價的劇烈降溫起到推波助瀾的作用。以文學界為例，九十年代以後，郭沫若在過去曾有的「魯、郭、茅、巴、老、曹」的傳統排名中，最後跌出前八名。好些學者試圖解釋當年的郭沫若熱與現在郭沫若遇冷的巨大差別，主張以歷史還原的方法來解釋這一現象。溫儒敏引導當代大學生客觀評價郭沫若時，反覆強調應該從作品——讀者所構成的互動互涉關係中去認識郭沫若的價值，他說：

> 《女神》是與五四式的閱讀風氣結合，才最終達至其狂飆突進的藝術勝境的。《女神》的獨特魅力產生離不開特定歷史氛圍下的普遍閱讀心態和讀者反應。《女神》作為經典，是經由「五四」時代「公共空間」的傳播運作，由詩人郭沫若和眾多新進青年讀者所共同完成的。〔註 1〕

溫儒敏先生從方法論的角度地提供了非常好的評價視角，如果沿著溫儒敏先生提出的致思途徑，以讀者接受的角度客觀地考察郭沫若留給人們的原

〔註 1〕溫儒敏：《關於郭沫若的兩極閱讀現象》，《中國現當代文學專題研究》，北京大學出版社，2002 年版，第 26 頁。

初印象，就會發現郭沫若在所有的角色中，起主導性作用的是革命家的角色。中華人民共和國成立前幾乎所有對郭沫若詩歌的經典性評價，主要都是對其革命性精神的充分肯定。以《女神》而言，人們當時認為《女神》是五四精神的典型表達，是開了一代詩風。這種主導性評價使文壇有意無意地忽略或壓倒了《女神》在詩歌藝術方面開創性成就。為此，我們可以從郭沫若與巴蜀同鄉詩人的聯繫中舉例說明。

一

郭沫若的故鄉四川樂山婉約淡雅，山水靈秀，歷來是詩歌和詩人層出不窮的地方。二十世紀以來，它為中國現代文壇貢獻了三位著名詩人，郭沫若、曹葆華、陳敬容。這三位詩人在某種程度上清晰濃縮著中國現代新詩發展的軌跡。若按代際關係劃分，郭沫若屬於中國現代第一代詩人，曹葆華應該歸入第二代，陳敬容則緊隨其後，橫跨中國現代新詩與當代詩歌。特別是曹葆華，這位後輩詩人和郭沫若在精神氣質、人生選擇等方面，有好些相似之處。從詩歌創作的代際關係來看，郭沫若和曹葆華在閱讀關係上構成作者與讀者的關係，將他們聯繫起來考察，會有耐人尋味的發現。

曹葆華是典型的學院派詩人，肄業於清華大學研究院。早在二十年代末清華大學讀書時期，就追隨老師葉公超等人開始新詩創作，並開始翻譯西方現代文學理論，曾在三十年代主編北平《北平晨報》副刊《詩與批評》上，大量翻譯介紹法國象徵主義詩歌理論和英美新批評理論，後結集成《現代詩論》和《科學與詩》出版。應該說，他是最早介紹西歐現代文學理論的開拓者之一。曹葆華還創作出版了《寄詩魂》《靈焰》（基本上選自《寄詩魂》）《落日頌》《無題草》《生產之歌》等五部詩集。其詩歌引領了中國現代新詩的革新浪潮，是中國現代派詩歌，特別是中國現代十四行詩體的重要探索者、實踐者之一。七七事變後，曹葆華於 1939 年毅然到了延安，任魯迅藝術院教員，後在中共中央宣傳部編譯處，主要從事馬列主義經典著作的翻譯工作，曾獨立或與毛岸青、季羨林、周揚、於光遠等著名專家合作翻譯馬列經典著作達六、七十部之多。文革之後，又翻譯了大量西方古典文藝理論著作。他的翻譯功績，構成二十世紀外來文藝思想傳播的一道亮麗的風景線。他的詩歌創作和文藝理論翻譯今天看來，有很高的藝術價值和歷史價值，有待於我們重新挖掘和評價。

從扮演的人生角色來看，相比於郭沫若的多重角色，曹葆華顯得純粹多了，他一生只扮演了兩種角色：從 1927 年入讀清華到 1939 年到延安，前期是詩人，後期是翻譯家。而且「顯」則為詩人，「隱」則為翻譯家，兩種角色斷然劃分，井水不犯河水。翻揀曹葆華一生的文字，會發現一個有趣的現象：除詩歌創作和理論翻譯之外，唯獨沒有自己創作的散文作品，沒有研究文章，也沒有以任何形式公開記錄自己的人生軌跡，為自己立此存照。在延安，哪怕進了中宣部，甚至走到了毛澤東身邊他也保持了一個純粹文人的底線。這在詩人或文人中，是極其罕見的，這也是他很容易被人遺忘的原因之一。曹葆華的老朋友何其芳在日記中曾記載了一個細節：何其芳在文革後期被組織「解放」，從幹校返京，求文若渴，於是大量購置各種書藉。葆華見之，「建議我主要買作品，不要多買文學史、文藝理論批評之類」。〔註 2〕這勸告背後，可能是怕受各種理論框架束縛，損壞了純粹的感性思維。因此，比起更有激情的四川同鄉詩人郭沫若和何其芳，他與政治保持了一定的距離，選擇了相對安全的角色。其人生也就相對平順，沒有驚濤駭浪。但是，曹葆華吸收的文化營養和人際關係卻不一定純粹，他的詩風經歷了由新月詩派向現代派過渡，最後歸於樸素明朗的現實主義詩歌的階段。從人際關係來看，他在自由主義陣營和左翼陣營穿梭，與左、中、右文人都有廣泛聯繫，特別是上個世紀三十年代許多重要的文化圈內，都有曹葆華晃動的身影。而他的人生選擇最終向左翼陣營傾斜。可以說，其間郭沫若的強大精神影響，是曹葆華由一個純粹的學院派詩人走向延安的潛在動力之一。他們人生道路與文化個性雖然迥異，但仍然能看到兩位詩人在精神上內在聯繫。

1927 年，北伐革命失敗，時為北伐革命軍總政治部副主任的郭沫若由於公開發表討伐蔣介石的戰鬥檄文，並參加南昌起義，蔣介石政權發出對郭沫若的通緝令。1928 年 2 月 24 日，郭沫若化名吳誠，假借往東京考察教育的南昌大學教授身份，乘日本郵船盧山丸離開上海，再一次前往日本，開始了漫長的流亡之路。社會上一時議論紛紛，有的說他男扮女裝，有的說他在飄浮海上，有的說他早已琅璫入獄，有的說他血灑疆場，有的報刊公然報導他已葬身黃泉；總之，「戎馬書生」隱姓埋名，神秘「轉身」，給社會各階層留下巨大的想像空間。

〔註 2〕何其芳：《給方敬之信》，《何其芳選集》第 3 卷，四川人民出版社，1979 年版，第 75 頁。

1930年2月20日，郭沫若的樂山同鄉，還未出「毛廬」的清華學生曹葆華翻揀當天的報紙，看到登載郭沫若逝世的消息，悲憤難抑，馬上便提筆揮毫，筆走波瀾，隨即寫下《哀歌（時聞郭沫若先生死耗）》一詩〔註3〕，將郭沫若的死耗以霹靂驚雷喻之：

東南天突來霹靂的聲響
震破了地獄萬丈的門檻
凌亂的鬼影如天馬飛騰
在蒼茫的空間奔馳嚎嚷
……

詩歌竭盡想像之能事，以地獄鬼門大張，天堂烏雲翻滾，天崩地烈的悲慘景象，在憾天動地氛圍中，責問命運之神為何讓世界永沉黑暗，永不能瞧見自由的曙光。隨著郭沫若的死，黑暗王國的一線光明也沉沒消失。作者的悲慟無以復加：

呵我的淚水迸出了眼腔
我豪壯的靈魂墜入火坑
頭上的長髮有烈焰焚燒
一身與四肢都各走方向

我要把血液從口中傾放
如像滔滔洪水汎濫塵壤
將一切的形色染得鮮紅
哭悼這一個天才的隕落

我還把心兒要掏出胸膛
雙手擲向這灰白的世上
使爆裂的巨聲沖翻宇宙
人間一切毀滅一切消亡

當爆炸的情感稍得渲泄後，作者痛定思痛，意猶未盡，當天繼續寫下長達120行的詩歌《悼——敬獻於沫若先生之靈》，〔註4〕回憶郭沫若在他心目

〔註3〕曹葆華《哀歌——時聞郭沫若先生死耗》，原載《清華週刊》，第33卷第4期。1930年3月24日。

〔註4〕曹葆華：《悼——敬獻於沫若先生之靈》，《清華週刊》第33卷第3期，1930年3月17日，後收入詩集《寄詩魂》。

中的地位，側重於抒發他對郭沫若先生的景仰之情：

呵；沫若先生——你絕世的英強。
茫茫萬古罕有的豪壯！
雙手安定文壇的基石，
荒野上築起藝術的宮牆；
一身披掛反抗的盔甲

在這份中崇拜中，有對同鄉前輩詩人特殊的鄉梓之情。詩歌有意無意地將他和郭沫若的人生經歷進行了比較，他們同飲岷江水，同居一座山：「同是生長在峨眉山旁，／同是養育在大渡河上，／同受過凌雲九峰的涵育／同賞玩過古國海棠的花香。」他們同樣出於對自由的渴求，同樣希望衝出夔門，飛越三峽的巒障。只不過年齡的差距使他們無緣相逢。但郭沫若傳奇人生卻一直是他人生每一階段效法的榜樣。當他還在岷江邊徘徊傍徨時，郭沫若的鳳凰之歌已從日本傳到家鄉：

在東瀛的島上高歌鳳凰，
心靈包括宇宙的偉大
氣魄不減海潮的奔放。
每一次西風帶著歌聲
超越山來到了岷江渡上
我平靜的心湖突起波瀾
安息的靈魂遭受了劇烈震盪

而曹葆華在成都讀中學時，郭沫若已經又拋棄筆桿子，拿起槍桿子，馳騁在北伐戰場上。當時的郭沫若，無論是為文還是為人，無論是寫詩還是從軍，他以其激越、叛逆的革命姿態，成為青年崇拜的偶像，受到熱烈追棒。郭沫若詩歌表達的自由反抗精神，吸引了大量青年讀者。當年的中學生曹葆華，因為郭沫若的從軍征戰而歡呼雀躍，正是在沫若革命精神的鼓舞下，曹葆華宣布：

我立誓願以鮮紅的心血，
灑在革命光榮的旗上；
築起「自由」巍壯的高牆，

像郭沫若那樣馳騁疆場，為自由而戰，是熱血青年曹葆華的人生夢想。或是時機還不成熟，或者還沒有出現被逼上「梁山」的充分條件，曹葆華中學畢業後，「束裝剛出夔門，黃鶴樓邊已成埋人的北氓」。於是他暫時偏離了想像中的軌道，考上了清華大學研究院，埋頭學問，暫時忘記了外面的世界。但詩人的血仍是熱的，夢中：

> 我又見你引導千萬英壯，
> 頭帶赤冠，身穿著紅裳，
> 齊立在茫茫的大海岸邊
> 高聲歡呼著自由的臨降。

其實，上海報載郭沫若遇難云，曹葆華並不一定相信。在這首詩的「後記」中，作者明確地說明道：

> 今日翻閱報紙，見沫若先生在上海遇難消息，不勝悲憤，因寫此詩，不過中國報章的新聞屢常失實，希望此次亦復如是，我的詩只成一時感情的痕跡而已。

郭沫若死耗的謬傳，喚起的是詩人對自己人生的檢討。在浪漫諦克的進步青年那裡，不管是個性解放，還是反叛社會，不管是熱情似火，還是傷感纏綿，都能在郭沫若那裡找到共鳴。因此將郭沫若視為高舉自由火炬的引路人，借郭沫若之死，抒發其獻身於自由平等信念的英雄情結，是這兩首悼詩的主旋律。郭沫若影響當代青年的，並不只是詩歌或藝術人生，更主要的是革命人生。新青年們與郭沫若同聲相應，同氣相求的，是對自由平等的渴望追求。由郭沫若喚醒的靈魂，是一堆即將燃點的乾柴，一遇火星，必將燃成燎原烈火。抗戰爆發，民族將亡，危巢之下，焉有完卵。前有同鄉郭沫若棄筆從戎的榜樣，後有巴蜀老朋友何其芳、卞之琳、沙汀奔向革命聖地延安現實行動，再加上地下黨員的具體幫助，曹葆華最終走向延安就是必然的歸宿。這首因失實新聞而寫成的悼亡詩，在憤激中表達的真實感情，實際上已經預言了曹葆華後來的人生之路。詩人以夢作結尾，在悲壯中表達了對未來美好的祈願，他讓詩人之靈安居天堂，並預言「你待看二十年後的世界，再不會如此慘白如此淒涼」。歷史被詩人幸而言中，這首詩寫成之後二十年，果然是另一重世界另一重天。

同是學院派詩人，曹葆華在清華期間的老朋友何其芳和方敬也曾在回憶中提到郭沫若當年的影響力。他和何其芳共同的新文學啟蒙教師是一位小學教師，叫祝世德，被方敬「稱為我們的第一個新文學的信使」。「這個老師很愛好新文學，已讀過不少新文學作品。他最愛新詩尤其是對郭沫若的詩如癡

如醉，能熟背很多首，還放聲朗誦給我們聽，情緒激昂，令人激動。」〔註5〕

五四時期四川愛國學生運動的領袖張秀熟〔註6〕，回憶這段革命經歷時，也提到了郭沫若詩歌對進步青年的薰陶和影響。1921年，張秀熟應辛亥革命元老張瀾之邀，曾去南充擔任了南充中學教務主任兼國文教員，在校外他聯絡各界人士成立了南充地方自治籌備會，在學校宣傳民主、科學思想，和袁詩堯一道，組織進步學生羅瑞卿、任白戈等組建川北社會主義青年團。他回憶道：

> 在這樣各種力量、各種思潮紛然交織在號稱「自治的南充」，南充中學的整個氣氛，遂如初春草木萌動起來。一接觸《女神》，什麼《女神之再生》、什麼《湘累》、什麼《棠棣之花》、什麼《鳳凰涅槃》，把每個年輕的進步的教師和廣大學生都吸引住了，見著光，感著熱，戰鬥是多麼快樂，犧牲是多麼高潔，創造是多麼神聖，未來是多麼光明。一時人人心花怒放，學校氣氛不只萌動而是熱氣騰騰。
>
> 一九二七年，國民黨反動派以蔣介石為首背叛了革命，中國革命由共產黨領導轉入一個新的階段。在白色恐怖彌漫下，在成都我聽見了許多青年唱起了《湘累》。一九二八年我到了重慶，《湘累》歌聲幾乎成為詩歌的海洋，只要在有男女青年的場合，無論在學校，在工廠，在公園，在野外，便見三三五五，或自由分散，或圍成小圈，一倡眾和，唱起歌來，而且不只是唱，每一句還要用動作把它形象化。這聲音，這形象，是哀怨，是忿懣，是決心，是信念，是希望，是勝利，儘管一般是低唱微吟，但聽了卻就要發人深省，無數的問號，一個個在腦子裏浮現出來，深埋的火種，按不住有幾分燃意。〔註7〕

從曹葆華的悼詩到張秀熟、方敬等人的回憶，可以看出，當年郭沫若加諸於青年的影響，主要還不是藝術上的，而是革命情緒的煽動和感染。某種程度上，他是青年走向革命的榜樣。剛剛登上文壇時，郭沫若反覆強調，作

〔註5〕方敬：《童年瑣憶》，《方敬選集》，四川文藝出版社，1991年版，第867頁。

〔註6〕張秀熟，1919年在成都參加五四運動，被選為四川學生聯合會理事長。後任中國共產黨川西特委書記，中共四川省委代書記。並於1927年在江油建立了綿陽第一個黨支部。1928年10月1日在重慶被捕入獄達8年之久。建國後，張秀熟歷任川西文教廳廳長、四川省教育廳廳長、四川省副省長等職。

〔註7〕張秀熟：《一生三度感湘累》，《西華師大學報》，1983年第2期。

詩只是遵從內心的衝動，這一觀念並不與他後來主張文學是革命的宣傳工具的主張相悖。早在 1923 年，郭沫若《藝術家與革命家》中，就明確的表示革命家和藝術家是可以合而為一的，言與行應該統一，「藝術家以他的作品來宣傳革命，也就和實行家拿一個炸彈去實行革命是一樣，一樣對於革命事業有實際的貢獻」。〔註 8〕這是郭沫若將藝術與實際的革命聯繫起來，並在行動上走向革命的宣言書，從此，郭沫若確立了文學在其人生追求中的地位和作用。文學只是宣傳革命的利器，詩歌可以描繪世界，也可以批判世界。詩人的桂冠雖然終生未摘，但郭沫若並不是為詩而生，而郭沫若一生所追求的，是改造社會，創造嶄新的世界。因此，從事具體社會實踐活動更能顯示他的人生信仰和本色。為了這個目標，郭沫若可以拿起筆來寫詩，也可以放下筆拿槍。這一點，是許多只會紙上談兵的知識分子無法企及的。郭沫若的詩歌創作相似於普希金。在某種程度上，普希金那些如火如荼的政治抒情詩實際上是俄國十二月革命黨人的政治綱領的詩性宣傳。郭沫若當年在文壇暴得大名，也是因為他表達了時代和社會的典型情緒，他的詩歌連同他的傳奇人生帶著激情與神秘，引發了青年對他的熱捧。當今天的時代不需要革命、反抗、叛逆時，接受郭沫若詩歌的時代氛圍和公眾基礎便不復存在。

二

郭沫若作品的革命性影響，使人們往往專注於對郭沫若創作中所表達的時代精神，反而有意無意地忽略其詩歌在藝術方面的開創性成就，包括一些專業性讀者，如聞一多等。從聞一多當年與曹葆華的通信，既可看出端倪。曹葆華的第一部詩集《寄詩魂》出版後，將自己的處女作詩集贈聞一多，在其回信中，聞一多評論該詩集：「大抵尊作規撫西詩處少，像沫若處多。十四行詩，沫若所無。故皆圓重凝渾，皆可愛。鄙見尊集中以此體為最佳，高明以為然否？」〔註 9〕無獨有偶，通過曹葆華的老師葉公超推薦，徐志摩也注意到了曹葆華的《寄詩魂》，在給曹葆華的回信中，徐志摩也將此詩集與郭沫若詩作比，認為詩歌「情文態肆，正類沫若，而修詞嚴正過之，快慰無已！」正因為他們是同鄉，所以無論是聞一多，還是徐志摩，一讀他的詩，自然就聯想

〔註 8〕郭沫若：《革命家與藝術家》，原載《創造週報》第 18 號，1923 年 9 月 9 日。

〔註 9〕聞一多這封信及下面提到徐志摩給曹葆華的回信發現經過及詳細說明參見：方錫德：《談聞一多、徐志摩、朱湘致曹葆華的三封信》，《北京大學學報》，1983 年第 4 期。

到郭沫若並將此作比。他們都主要提到郭沫若詩歌在情緒表達上對後來者的影響，都看到在激情與揮灑、氣勢恢弘方面，曹葆華與郭沫若有相通之處，都顯現出主觀抒情的浪漫氣質。但聞一多、徐志摩在比較中稍帶著對郭沫若詩歌藝術性方面評論，卻有所保留，聞一多充分肯定曹葆華詩集《寄詩魂》中的十四行詩，而認為此詩體「沫若所無」，顯然是不準確的。

事實上，郭沫若和曹葆華在詩歌藝術探索方面，除了自由體的白話新詩方面取得的成就，在十四行詩中國化的過程中，也都作出了探索性的重要貢獻。20 世紀 20 年代，郭沫若就有《太陽禮讚》《暗夜》（1922）、《兩個大星》（1922）、《瓶・第三十六首》等十四行詩出現。而且在翻譯西方詩中，也有十四行詩體，如 1922 年翻譯的英國詩人雪萊的著名詩歌《西鳳頌》和屠格涅夫的詩歌《遺言》便是。據黃澤佩先生考證，郭沫若的十四行詩在 20 世紀 30 年代發表的還有《牧歌》《夜半》（1932 年發表於《現代》雜誌第 2 卷第 1 期），這兩首詩未收入郭沫若任何詩文集。在 40 年代還發表有《思葉挺》（1945）和《參觀斯大林城酒後抒懷》（1945）等。因此，郭沫若在我國最早嘗試十四行詩的先驅者的排名榜上，被黃澤佩先生名列第三。〔註 10〕只不過由於郭沫若寫詩並不純粹為藝術，詩體形式對他而言，像衣服一樣，據需要而定，隨時可以穿或者脫，他不可能將某一種文體的試驗孜孜不倦地堅持下去，特別是在實際地參加革命後更是如此。

曹葆華在 20 世紀 30 年代在十四行詩的藝術實踐方面，也是非常突出的。曹葆華創作十四行詩，可能自 1928 年開始。曹葆華的另一四川同鄉同學羅念生在自述中，曾提及自己「在清華與曹葆華、李惟建自命為浪漫詩人，寫十四行詩體，受新月派影響。」〔註 11〕由羅念生與柳無忌在美國所合編《文藝雜誌》1931 年第 2 期則幾乎成了刊登十四行的專號。計有朱湘、羅念生、柳無忌、曹葆華等四人創作的十四行詩 25 首，另有柳無忌的十四行譯作 5 首。這是目前所見到的一期刊登現代十四行詩作最多的雜誌。〔註 12〕由於《寄詩魂》中的三首十四行詩獲得聞一多的好評，在其鼓勵下，再加上朱湘的影響與指導，同時在清華園中，一批志同道合的同學如羅念生、李唯建等共同切

〔註 10〕黃澤佩：《郭沫若十四行詩補闕》，郭沫若學刊》，2000 年 2 期。

〔註 11〕羅念生：《自撰檔案摘錄》，《羅念生全集》第 10 卷，上海人民出版社，2004 年，第 91 頁。

〔註 12〕參見周雲鵬、鍾俊昆：《論中國十四行詩的發展歷程》，《贛南師範學院學報》，1996 年第 3 期。

礎，曹葆華其後便自覺創作了大量十四行詩，其中詩集《落日頌》中就有十四行詩二十多首。直到去延安之前，還有好些十四行詩散見於報刊雜誌。應該說曹葆華是在朱湘、馮至之後創作十四行詩最多的一位詩人，但在論及中國十四行詩創作的文章中，大都未提曹葆華對十四行詩中國化的貢獻，這是不公允的。

其二，聞一多、徐志摩在讀曹葆華《寄詩魂》的總體印象中，都感其詩歌氣勢的恢宏，情感爆裂的程度，在內在精神氣質上的確與同鄉郭沫若有一脈相承之處，因此自然而然將此詩集與沫若詩作比。但在藝術形式的追求上，與其說曹葆華「規撫西詩處少，像沫若多」，但還不如說曹葆華當時的詩像聞一多、徐志摩的新格律詩多。顯然在詩歌創作上，曹葆華最先是傚仿聞一多、徐志摩等人的現代格律詩，《哀歌（時聞郭沫若先生死耗）》既是一例。此詩非常工整，每行十個字，四個音節，行行押韻，從詩的構思到情緒意象，明顯代表了曹葆華對新格律詩藝術主張的實踐。只是在詩歌韻味和情緒變化上，缺乏聞一多詩歌的節奏和張力。另外，由於翻譯的便利，曹葆華直接吸收了來自英美的詩歌藝術理念與技巧，好些來自西方的意象也主要構成詩人想像的天地，如天堂和地獄等。這種情形一直保留到 30 年代的詩集《無題草》中。直到抗戰爆發，時代再一次讓曹葆華煥發出革命熱情，直至到延安後，曹葆華的詩風漸趨於直抒胸臆的明朗和樸素。

生平軌跡的雜考探微

尋找原鄉：郭沫若祖籍地、家族世系探疑

中華民族幾千年來的祖先信仰，使宗族和家庭血緣關係作為社會關係紐帶的狀況綿延不斷，它成為中華文明持續幾千年的牢固根基。在中國明朝末年延續至清朝中後期「湖廣填四川」的遷徙大潮中，就曾有郭沫若先祖的身影。他們背著兩個麻布，從福建出發，漂泊「上川」（移民四川）。到了已定居在四川省樂山縣沙灣場的郭沫若那一輩時，他們所知道的沙灣郭氏家族祖籍地福建省寧化縣，早已只是家族先輩們的口頭談資。

緣起

雖然郭沫若本人至少有二次提及他的祖籍地是福建省寧化縣，〔註 1〕但一查歷史依據，郭沫若還真是只聽家族前輩提起，並沒有族譜或家譜的依據。他的堂兄弟郭開鑫在《郭沫若家譜》中描述了沙灣郭氏家族之所以認定祖籍地為福建寧化的緣由：

> 當時由閩遷蜀世居沙灣的不僅我郭姓一家，從沙灣的福建館（又名天后宮）就可以看到。「天后」是福建外流航海梯山的人們共同信奉的保護神。住居沙灣的福建人也祀奉她以求保佑。乃由

〔註 1〕郭沫若曾在自傳性作品《我的童年》中說：「我的祖先是從福建移來的，原籍是在福建汀州府寧化縣」。在散文《芭蕉花》也提到：「我們的祖宗原是福建的人，在汀州府的寧化縣，聽說還有我們的同族住在那裡，我們的祖宗正是清初時分入了四川的，卜居在峨眉山下一個小小的村裏」。此處郭沫若的記敘有誤，郭沫若先祖入川，已經是清朝中期，並不是「清初時分」。

各姓捐資建館於道光年初，每年有春秋二祭，尤以秋季為重，直到解放。秋季在農曆九月九日，凡福建籍的男丁都可參與，而儀式卻很隆重，我也是親歷過的。從廟內碑文記載及到會各家，當時同來沙灣定居的，共有九姓（郭、邱、張、曾、廖、陳、黎、巫、池）這些祖先實際是為了同鄉情誼，遠居異地，借廟會來進行團結以禦外侮。沙灣福建館是廟產富裕，香火隆盛，人丁眾多，為沙灣各廟會之冠的。值得一提的九姓的原籍都來自福建省汀州府寧化縣七里壠。（可考的是今天張姓、邱姓殘存的「金單簿」記載甚明。）〔註2〕

郭開鑫在該文的結尾部分，特別提到上述情況「都是先輩們講述和鄉親的敘談，憑腦海的追憶來撰寫」的。所以，1939 年郭沫若先父郭朝沛逝世時，由郭沫若兄弟共同撰寫的，相對正式的家族文獻《先考膏如府君行述》提及祖籍地時，很謹慎的說「吾家原籍福建，百五十八年前由閩入蜀，世居樂山縣銅河沙灣鎮」〔註3〕這篇祭文只說到先祖由福建遷入，沒有提及寧化，但是比較準確地提出了遷蜀的時間為 1781 年，既由 1939 年倒推 158 年。

2001 年，郭沫若之女郭庶英趁參加福建省龍巖市第十六屆世界客家懇親大會之機，親自去過寧化查訪：

我去了祖地寧化，在石壁村——被稱為客家的搖籃和祖居地的祭祖活動中，大家祭祖，捐錢，尋找著自己姓氏的家譜。我開始看得比較粗，沒有找到「郭」的姓氏，於是第一個回到殿前場地上，向活動中安排的收銀人員捐了錢，我沒有在收據上留下姓名，只想以此表示父親曾說過的，我們有客家人血緣的心意。但是同行的代表指出我看漏了，讓我再次回去從百家姓氏的示牌上找。這次我找到了「郭」氏。當看到別的姓氏木格裏家譜很全，很厚，我也滿懷希望地去打開「郭」氏這個格子的門，卻發現格子裏面是空的，什麼記載也沒有。活動中我打聽了當地的老人及研究人員，他們說，聽說郭家早已經全部遷出寧化了，現在當地有的幾家姓郭的，是很

〔註 2〕郭開鑫：《郭沫若家譜》，《沙灣文史》第 2 期，1986 年。文中提到的郭沫若祖居地「寧化七里壠」有誤。按清代建置，寧化有「龍上上里、龍上下里、龍下里」等。

〔註 3〕郭開佐、郭開貞、郭開運合編：《先考膏如府君行述》，《德音錄》，1939 年重慶鉛印初版，《沙灣文史》第 3 期，1987，第 3 頁。

久以後才遷過來的，和你們郭氏沒有任何關係。〔註4〕

上述信息說明，能直接證明郭氏家族由福建寧化縣遷居的郭氏族譜一直沒有發現。郭沫若祖籍地是福建寧化的說法，一是來自同來的沙灣定居的「九姓」共建的福建館（天后宮）廟內碑文；二是來自其中張姓、邱姓殘存的「金單簿」記載。遺憾的是，沙灣天后宮的碑文失傳，而可考的張姓、邱姓殘存的「金單簿」也已失傳，因此無法通過這兩條線索追蹤郭氏遷徙樂山沙灣的直接證據。為此，筆者從福建寧化和四川樂山沙灣兩個方面進行實地查訪，希望能找到關於郭沫若祖籍地更多的線索。

關於郭沫若家族祖籍地的查訪

查閱寧化縣客家姓氏的族譜及相關資料，關於郭氏在寧化的活動，只有很有限的資料記載：一是地方學者余保雲編著的《寧化客家姓氏》對寧化郭姓的敘述：

> 寧化郭氏均以虢叔為鼻祖，以其六十代孫唐中業郭子儀為一世祖，入遷時間為唐宋間，主要居住地為龍上里、龍下里和在城裏，即石壁鎮、濟村鄉及寧化縣城關。明清後逐漸外遷。現寧化縣城仍有郭頭村、城郊鄉有郭公坑等古時以郭姓命名之街、村。〔註5〕

由今人劉善群主編的《寧化縣志》中曾有一張《寧化縣部分姓氏流遷登記表》。〔註6〕表中關於郭氏描述為：

姓氏	郡望	遷入時間	遷入第1人	何處遷入	定居地址	外遷時間	遷出第1人	遷往何處	資料根據
郭		宋	福安	龍巖	寧化石壁	宋末	天錫	上杭大埔	大埔《郭氏族譜》

郭福安，北宋時期的礦業家，係唐代名相郭子儀第十四代裔孫，北宋真宗末年（1022年）為朝廷承事郎，赴汀州府所屬金山下的鍾僚場，開發紫金山並開始銅礦冶煉。郭福安卸任後選擇了現在的上杭縣建基立業開闢郭坊村，

〔註4〕郭庶英：《我的父親郭沫若》，遼寧人民出版社，2004年版，第9頁。

〔註5〕余保雲編著：《寧化客家姓氏》，海風出版社，2010年版，第464頁。

〔註6〕劉善群主編：《寧化縣志．寧化縣部分姓氏流遷登記表》，福建人民出版社，1992年版，第142頁。查上杭縣多種郭氏族譜，郭福安由寧化遷往上杭，成為上杭郭坊村開基始祖。傳自天錫公之後，才遷入廣東大埔大麻，因此，天錫公應是從上杭遷出的第1人，而非郭福安。

大概在宋乾道三年（1167），朝廷才在郭坊村的基礎上設縣治。所以在上杭有家喻戶曉的民諺：「未有上杭城，先有郭坊村」。上杭縣建於的郭氏家廟門首鐫有石刻楹聯：「開闢郭坊吾祖始，源流杭邑我家先」。〔註 7〕

在查閱福建寧化、上杭查閱郭氏族譜中，發現了在清朝中後期，福建郭氏宗族成員大量遷往四川的記載。如屬於上杭郭福安世系之下福建武平縣龍溪支派的《續修彥童公族譜》，詳細記錄了清康乾年間同家族父子、兄弟（包括堂兄弟）全家老小，持續四代人遷往四川的情形。〔註 8〕其實，包括寧化、上杭在內的閩西郭氏各支派的族譜，以郭福安為先祖，都不同程度地提及清朝時期大量後裔子孫遷往四川的情形。但遺憾的是，都沒有明確地指向四川樂山沙灣。因此，郭沫若是否從寧化遷出，仍不能確定。

於是，筆者根據郭開鑫提供的「沙灣九姓」共同從寧化遷來的線索繼續查找。郭開鑫特別強調了其中沙灣郭姓與邱姓、張姓的姻親關係：郭沫若入蜀的第一代祖先郭有元，娶了同來沙灣的張氏修元為妻；曾祖父賢琳，又娶了同來沙灣的張氏；續娶的丘妙恩，也是同來沙灣的丘姓。如此丘氏和張氏就成了郭家在沙灣的老親。因此，筆者查找的重點放在與郭氏先祖同來沙灣的丘姓和張姓。

首先，在寧化查閱到《中華丘氏宗譜‧寧化分譜》，這是一部對丘氏宗族繁衍和遷徙記載很詳細的譜諜資料。寧化丘氏以禮郎為一世開基祖。禮郎，於唐咸通間（861～874）宦遊寧化，卜居寧化招賢里雙溪口，其子孫繁衍無數，在寧化的後裔主要集中於寧化興善里社背村（今寧化城效鄉、社背鄉。「里」為清代建制，界於「鄉」與「村」之間）、方田鄉、巫高等地。從寧化先祖禮郎二十七世至三十世，前後有父子、兄弟舉家遷往四川。非常幸運地是，族譜明確地記錄了寧化丘氏遷往四川樂山縣沙灣場的情況：

禮郎在寧化興善里社背村的子孫：

二十七世孫安玉、安鋸移居四川，

二十八世子孫仁勝及二個兒子於清乾隆間遷西蜀樂山縣沙灣場。

二十八世仁建、仁久、仁長、仁廷、仁閔、仁旋、仁滿、仁安、

〔註 7〕郭氏家廟始建於宋朝，重建於明朝正德五年。清朝順治年間，家廟被毀，郭福安第二十世後裔再次重建，是上杭郭坊村共十一座郭氏宗祠中唯一存留下來的郭氏宗祠。

〔註 8〕《續修郭氏彥童公族譜》手抄本，1994，由上杭縣圖書館提供。

仁瑞、仁賜、仁唐、29 世孫理省俱遷四川。

興善里丘氏在寧化方田鄉的另一支：

二十七世孫安蓮、相繼遷四川樂山縣沙灣場，

二十八世孫仁朱遷四川峨眉縣毛坪場，仁天、仁伍、仁細、仁隆；

興善里李七坑分支：

二十七世安義、安潤及二十八世仁董、仁爾、二十九世理洪、理青、理浩、理鐸、理宰等俱遷四川樂山縣沙灣場。

寧化巫高的分支：

二十七世正銀、正元、正廣、正仕、正仕共五兄弟的子孫三十多人均在康乾年間遷四川省嘉定府樂山縣沙灣場。

二十九世孫理炳、理焰、理灶、理練、理通、理陸俱遷四川。

從寧化石壁陳田、濟村等還有丘氏二十九世同宗兄弟前後二代多人遷往四川，具體地點不明。〔註 9〕

寧化丘氏三代人持續於清乾隆年間遷往樂山沙灣，說明丘氏第一批遷徙者在沙灣站穩腳跟後，認為此地大有生存發展的空間，信息互通之後，遂有寧化丘氏子孫更多地遷入。

在寧化查張氏族譜，從寧化四修《張公君政總譜》得知，張公君正的後裔自宋代因避元兵侵擾遷到寧化，在寧化各地開枝散葉，子孫繁茂，共 50 多個支祠，共 12 萬多人，遍及世界各地，在寧化的張姓，主要居住於石壁一帶。宋元、明清各個時代逐漸外遷。清乾隆八年，有子孫忠秀、忠志和仕悅、仕庭兄弟遷往四川井研縣。還有公房宏矩公、分房屬武斌公的子孫孟斗在雍正年間遷往四川，孔質在乾隆年間遷往四川，具體地點不詳。

在寧化《張氏族譜》未指出遷川有具體結論的情況下，筆者在沙灣實地尋訪由福建遷沙灣的張氏後裔，結果發現沙灣軫溪鄉居地的張氏，其中一支由福建寧化遷來，主要聚居於沙灣區軫溪鄉寨子村五組（俗地名：蒙子包）。在當地文化部門的協助下，找到了福建張氏後裔供奉的入蜀祖宗牌位（現由張氏後裔張長明保存），牌位記錄了張氏入蜀祖先在軫溪的七代子孫傳承情況，上面顯示張氏入蜀的一世祖為張煌，到現在已是第十代左右。而且第一代入蜀祖先居住的老屋有部分拆除，但主要的堂屋仍然還在。從二百多年的

〔註 9〕《中華丘氏宗譜．寧化分譜》，轉引自余保雲編著《寧化客家姓氏》，海風出版社 2010 年版，第 19 頁～23 頁。

老房子殘存的雕梁畫壁上，還能看到當年張家的氣派。仍住在老屋旁邊的張氏後裔張家志說：

> 聽老輩人講，當年張氏祖先與郭家、丘家是結拜的三兄弟，他們做生意到沙灣後，發現沙灣可以呆下去，就在此定居了。張氏祖先最先買了此地周家（周天中）的老房子，老房子共七個排列。後來到第三代張家三兄弟都在做生意，家境好轉，各自有了自己的商號，三兄弟由總的商號「封銀號」分家，最小的兄弟在老房子後面修了自己的房子，叫「封銀久號。小時候，我親眼見到這個老房子的堂屋神龕上供奉著一根扁擔，扁擔上纏著兩個麻布袋，那就是祖先發家的象徵。

村民張家志的這段回憶與郭沫若自傳《我的童年》記敘的先祖由兩個麻布口袋「上川」的情形竟意外的一致。郭沫若家族入蜀的第三代，也就是郭沫若的曾祖父郭賢琳兄弟這一代，分為了「鳴興號」「鴻興號」各立家業。張家志還提及，他的母親郭素貞娘家即屬郭家「鴻興號」。從張氏的祖宗牌位中，也可以看到張氏與郭氏幾代聯姻的情況。當問及當地其他張氏村民，是否記得是從福建哪一個地方遷來時，他們眾口一詞，都說是從福建寧化縣遷來的。另一位受訪者的老人張雲能（83 歲，現居於沙灣軫溪鄉養老院）說，上個世紀 80 年代，他照張氏「金單薄」（家譜）的記載，曾回過福建汀州的寧化縣。

另外，從寧化遷到樂山沙灣的其餘巫、廖、黎、曾、陳、池六姓，從隋代開始，都曾先後落腳到寧化。其中的巫姓，是寧化縣的開基始祖。據寧化《巫氏族譜》載，巫姓於隋大業年間移居福建黃連峒（寧化古稱），巫羅俊創建黃連鎮，被唐室授為黃連鎮將，被寧化巫姓奉為寧化一世祖，傳至四十三世孫「成排移往四川嘉定府；四十四世，有裔孫邦配、邦涪、邦魯、邦露皆移居四川。邦訪移居西蜀」。另外，寧化廖姓、黎姓、曾姓、陳姓、池姓都曾徒居於寧化。但因時間和查找範圍的限制，未查及在清朝時期的遷川情況。〔註 10〕

以上對沙灣張氏、丘氏及其餘六姓的遷徙源流追蹤的結果表明：丘氏族譜文獻記載，對張氏的田野調查的口述材料，都印證了郭開鑫在回憶中提及的與郭氏家族同遷沙灣的邱姓和張姓，確是在乾隆時期由寧化遷入樂山沙灣。

〔註 10〕福建遷樂山沙灣的九姓家族，除郭姓、丘姓之外，其餘七姓在寧化徙居和遷徙文獻記載主要來自余保雲編著《寧化客家姓氏》，海風出版社，2010 年版。余保雲編著：《寧化客家姓氏》，海風出版社，2010 年版。

郭開鑫由沙灣丘氏的祖籍地的說法來判斷郭氏家族的祖籍地的說法，具有歷史真實性。他們的原鄉應該就在福建寧化石壁一帶。

當然，也還有另外一種可能，即郭沫若歷代先祖繁衍的過程中，寧化也許並不是唯一的原鄉。寧化雖稱為中華歷史上幾次中原大遷徙的「第一中轉站」。但寧化石壁村畢竟只是個彈丸之地，所容納的人口有限，多餘人口只能向外遷徙。客家幾次大遷徙浪潮中，寧化的諸多姓氏向著鄰近的上杭、寧都、武平、廣東的興寧、梅州、江西的石城等地區遷移，比如福建遷四川沙灣的九姓人家，其中巫、丘、黎、池、張等姓氏，都有眾多支派遷往上杭的記載。在某種程度上，寧化石壁的周邊地區就成為客家遷徙的第二中轉站。歷史上寧化的郭氏，究竟是由上杭遷過去的，還是寧化郭氏有分支遷到上杭，目前並未定論。

關於郭沫若家族是「汾陽世第」的真實性

在探討郭沫若先祖情況時，應區分「家族世系」和「祖籍地」兩個概念，本文使用「祖籍地」的概念，是指郭沫若家族入蜀前的居住地，是一個地區性概念，而「家族世系」則指宗族或家族代際傳承和繁衍的歷時性概念。沙灣郭沫若故居掛著由郭氏家族契友贈送的牌匾「汾陽世第」。由此引發郭沫若是否是唐代名將郭子儀的後裔的爭議。」郭開鑫認為：從前有個習慣，自己姓什麼，總要找個歷史上鼎鼎有名的本家來顯耀自己，請看我的前人好了得。『汾陽世第』只是別人的溢美之詞」。〔註 11〕

唐初與唐末，中原郭氏先後兩次向福建遷徙：第一次是唐總章年間（668～70）光州固始人郭淑翁、將佐郭益，隨陳政、陳元光父子入閩開闢漳州，在龍溪郭埭鄉安家落戶；第二次是郭嵩（郭子儀之曾孫，曜公之孫）隨王審知從弟王想入閩，家於新寧，子孫傳衍於仙遊、莆田及南安之蓬島鄉。宋代，又有一支山西郭氏遷入福建汀州，那就是閩西地區諸多郭氏族譜提到的上杭郭氏開基始祖郭福安。《郭氏史略》根據大量郭氏譜系研究，在分述了郭子儀後裔入閩的分布情況後，概述道「福建之郭氏，多在唐末衰亂時代，由贛、浙遷入，先至閩東、而後南移，多聚於閩東及閩南。入閩之郭氏，幾乎『汾陽』天下，以子儀公長子曜公及六子暖公之後裔為最，其次為子儀公七子曙公之後

〔註 11〕郭開鑫的看法，轉引自：王豪、劉居寬《郭沫若是郭子儀的後裔嗎》，沙灣文史第 2 期，1986 年。

裔。」〔註 12〕因此，不管郭氏的哪一支遷往福建，他們都是唐代郭子儀的後裔，只是分屬郭子儀不同的子孫而已；從福建遷往四川的沙灣郭氏，也應該是郭子儀的後裔。

由於閩西地區郭氏基本都奉郭子儀之子（曙公或曖公）之十三世孫郭福安為開基先祖。上杭遷《廣東大埔大麻郭氏族譜》中，收錄有《太原郭氏祖家上杭族譜原序》稱：「枋公（郭福安）由福汀寧化遷來上杭，斯時未有上杭，先有郭坊，只就居所因名郭坊。」《三修族譜序》認同《太原郭氏祖家上杭族譜原序》的說法，再次提及「余族承事公於乾道三年（1167），自寧化石壁村來居上杭，自天錫公移居大埔，為肇始基之始祖也」。〔註 13〕梅州《客家姓氏淵源》郭氏條稱：十四世郭福安、原居華州，宋時，以軍鎮福建龍巖，徙居寧化石壁村，後遷上杭」。廣東饒平《郭氏族譜》嘉慶十三年（1808 年）抄西埔鄉分派六房族譜記載：祖宗係太原郡分派寧化縣石壁鄉居住，因戰亂在元仁宗延佑二年（1315 年）遷廣東饒平。〔註 14〕這些族譜都提及郭福安曾在寧化石壁居住，後來才遷居上杭，成為上杭的開基始祖。但閩西地區也有好些郭氏族譜沒有提及郭福安在寧化徙居的情況。因而有上杭的地方學者認為郭福安「是沒有經過寧化石壁而直接進入上杭的少數幾個客家先祖之一」。〔註 15〕不管怎樣，寧化、上杭等地多種族譜或文獻材料，幾乎都將自己的始祖指向郭福安。如果以上杭、寧化為中心的閩粵贛交界處客家人，都屬於宋代郭福安的後裔，那麼，郭沫若家族不僅是郭子儀的後裔，也很有可能郭子儀之十四世郭福安的後裔。

餘論

在查訪郭沫若先祖遷徙情況的過程中，筆者非常遺憾的發現，在寧化、上杭等地的許多族譜，只述及其子孫後裔遷往四川，但具體遷往四川何處，

〔註 12〕李吉、馬志超：《郭氏史略》，山西古籍出版社，1997，第 232 頁。

〔註 13〕廣東大埔大麻《太原郭氏祖家上杭族譜原序》《郭氏族譜‧二修族譜序》均由大埔大麻松坡公派第八次修譜委員會編入廣東大埔《大麻松坡郭氏源流考》，1995 年。由上杭縣圖書館提供。

〔註 14〕梅州《客家姓氏淵源》郭氏條、廣東饒平《郭氏族譜》(嘉慶十三年 1808 年，抄西埔鄉分派六房族譜)，均摘自余保雲編著:《寧化客家姓氏》，海風出版社，2010，第 465 頁。

〔註 15〕郭平：《入閩郭氏始祖：郭福安》，《上杭客家》第 18 期，福建省上杭縣客家聯誼會、上杭縣客家族譜博物館編印，2017 年，第 198 頁。

則不得而知。而入蜀的移民，一般則從入蜀第一代祖先起始有所記載，原鄉的祖先則在長途跋涉奔波，立足生存的奮鬥的歲月中逐漸模糊、淡出。明末到清朝中後期持續近二百年的大移民運動，使許多家族在移民之後，由於以落腳生存為當務之急，或者由於赤貧的經濟地位，造就文化意識的缺失，許多移民家族中斷了與原鄉的聯繫。而原鄉的族譜也未能追述其遷徙的明確去向。等到遷徙到四川的後世子孫有條件再續修族譜時，只能從入蜀的第一代祖先開始追述、記載。典型如郭沫若家族。由於一直沒有發現承續郭氏祖籍地的舊譜，以致後人來確認其家族源流時，就是一件十分棘手的難題。

郭氏家族和同時由閩遷蜀的「沙灣九姓」典型個案，說明經過明末清初到康乾年間一百多年的移民，四川各地的外省移民佔據了人口的絕對優勢，正如郭沫若在自傳《我的童年》中所說，「我們那小小的沙灣，客籍人要占百分之八十以上」。大規模的移民填四川的過程中，由於許多家族遷徙後與原鄉失去了聯繫，宗族血緣關係在遷徙中嚴重斷裂，四川社會人口結構和家庭單位發生重大改變。移民社會成員之間，以宗族為紐帶的血緣關係相對鬆馳，而不同省份移民共處於新的地域後，相互間的地緣關係得到強調。郭沫若在自傳中評論到：「現在的四川人，在清朝以前的土著是很少的，多半都是些外省去的移民。這些移民在那兒各個的構成自己的集團，各省人有各省人的獨特的祀神，獨特的會館，不怕已經經過了三百多年，這些地方觀念都還沒有打破。」

〔註 16〕客家人聚居地寧化雖屬福建，但由於處於遠離海洋的山區地帶，媽祖信仰並不是該地區的主要信仰，寧化各宗族來自不同的地域，其信仰也是五花八門。但同一省份不同的宗族一旦遷到同一個地區，他們就拋棄了原來各自的信仰，將福建主要信仰作為同一地區移民的精神聯繫紐帶，以形成一個共同的利益集團來捍衛生存權益。沙灣的「福建九姓」共同建立天后宮，以作為維繫鄉親鄉誼，凝聚福建移民之間向心力的聚集地，就是最好的例證。

〔註 16〕郭沫若：《我的童年》，《少年時代》，人民文學出版社，1982 年版，第 9 頁。

從郭沫若《少年時代》看二十世紀初留日風潮

郭沫若一生為文，似乎並不刻意在文學，而更醉心於民族的歷史觀照和現實改革。因為對民族道義的承擔，他的一生追求都與民族歷史的風雲際會緊密聯繫。他的小說和散文與其說在寫自己，不如說是通過自我人生來透視中國社會歷史的變革，郭沫若在《少年時代．序》中談及自傳體小說的寫作動機「便是通過自己看出一個時代」，這一點，僅以他在《少年時代》中的東鱗西爪記載便可看出。

在此書中，郭沫若較詳細地記敘了留學日本前在北平滯留的一段日子。他在 1913 年首次出川，原本是去天津陸軍軍醫學校就讀，到天津後，對這所學校的狀況很不滿意，於是棄學到北京找大哥郭開文（字成五，後改為橙塢），大哥從日本留學歸來後，寄寓在一個同鄉京官家裏。不巧，郭沫若到京時，大哥又東遊日本去了。郭沫若便在同鄉京官家住了一個月左右，等待大哥回來，再作今後的打算。同鄉京官有一弟兄也同住於此。〔註 1〕這一段經歷，如果僅從個人角度而言，用不著多費筆墨，可是在自傳中，郭沫若用較多的篇幅，頗有興味地記敘了在這裡的見聞感受。點點滴滴，看似平常，實則耐人尋味。因為很湊巧的是，郭沫若的大哥和同鄉京官都是當年留學日本狂潮中的「海歸」派。正是在他們的影響下，郭沫若才決定去日本留學。考察郭沫若的大哥及「同鄉京官」的留日背景，對於當時中國留日浪潮形成及留學途徑

〔註 1〕參見郭沫若：《少年時代》，人民文學出版社，1979 年版，第 319～338 頁。

的瞭解是很有實證價值的。

郭沫若提到的同鄉「京官」何許人也。在他的自傳中沒有明確交待，也一直沒有公開的文獻資料記載。最近我們意外地尋訪到了「京官」的後人，〔註2〕並查閱了相關資料，基本弄清了「京官」兄弟倆的基本情況。「京官」叫尹朝楨（字堯卿 1882～1951），樂山白馬埂人。1903 年在省城會試，中癸卯科舉人。本意一鼓作氣，進京參加進士科考，那知姓名中「楨」字與崇楨皇帝字號同音，因犯諱取消科考資格。尹朝楨審勢度時，發現出國取得洋學位更有前途，所以中舉後緊接著外出留日。郭沫若的大哥郭開文因與尹朝楨同科考試而結識，而郭開文考試沒有取中，隨即考入當時在成都新設的東文學堂，這一學校相當於為留學日本做準備的預科學校。郭開文 1905 年由四川省官費送往日本留學。尹朝楨與郭開文又在日本相遇，他們是同鄉，又同是日本帝國法政大學的同學，彼此間有很深的交情。郭沫若的母親杜太夫人逝世後，尹朝楨先生曾有輓聯敘述與郭開文、郭沫若兄弟間的情誼：

> 曾從東海遊〔註3〕，與文郎〔註4〕短褐論交，堪羨林宗弟兄〔註5〕，名聞當代；
>
> 竟返西天去，痛陶母長期訣別，不禁王陽子任，淚灑嘉山〔註6〕。

尹朝楨先生從日本回國後，多年在我國司法界任高級職務。最先任直隸知州、北京內城巡警廳警官，1912 年任京師地方檢察廳代理檢察長，1919 年任京師高等檢察廳檢察長。1920 年任陝西省高等檢察廳檢察長，1924～1928 任直隸高等檢察廳檢察長。1925 年任臨時參政院參政。後因大兒子尹文敬〔註7〕受劉文輝保舉，到法國巴黎大學留學，取得博士學位回國。為報答時任四川省政府主席的劉文輝對兒子的薦舉之恩，應邀於 1931 年任四川省政府秘書長。至 1933 年，辭職後返北京居住。抗日戰爭爆發後，北平偽中華民國臨時政府司法部總長朱琛推薦他出任臨時政府部長，他堅決不就，曾一度潛居寺

〔註2〕關於尹朝楨先生兄弟的情況，多由尹朝楨先生的兒媳婦李思敏老人和孫兒尹儒洪先生提供。

〔註3〕指郭開文與尹朝楨先生共同留學日本的經歷。

〔註4〕文郎；指郭開文先生。

〔註5〕此處指郭沫若。

〔註6〕嘉山，代指家鄉樂山。樂山舊時稱嘉州。

〔註7〕尹文敬，尹朝楨先生的長子，1929 年獲巴黎大學經濟學博士，回國後在多所大學任經濟學教授。著有詩集《苹氓短汀吟》。

廟躲藏。1951 年鎮反時，其僕人董某（「一貫道」骨幹）疑心尹朝楨檢舉他，趁其午眠時，將其殺害，然後自殺。〔註 8〕

尹朝楨先生一家，有三兄弟，老二名世楨（字堯武），一直留在樂山老家堅守祖業。老三尹維楨（字堯庚，即郭沫若在自傳中提到的「京官」之弟），比京官小 14 歲，被大哥尹朝楨帶到北京，讀北京法政學堂。畢業後，曾回樂山開辦私塾，後又至北京。曾任勸業所所長，地方法院推事。〔註 9〕郭沫若不曾想到，這位愛抹雪花膏的尹家弟兄維楨，後來居然與他有沾親帶故的關係。原因是後來尹維楨有一妻叫魏舒文，是郭沫若原配夫人張瓊華的表妹。魏舒文活潑大方，有些文墨情趣，常常為尹維楨作些法律文書抄寫事務，頗有些夫唱婦隨的味道。尹家在當時樂山，可算得上是大戶人家，三兄弟都很有古典文學方面的修養，都各有吟詠嘉州風景及與名士交遊的詩句留存地方史冊。

郭沫若對自己大哥及同鄉尹家兩兄弟的記敘，有幾點值得注意。一是當時留日風潮在中國大陸的興起，已經由深入到較為偏僻的內地城鎮。戊戌變法失敗後，康有為、梁啟超逃亡日本。當時日本經過明治維新之後日漸強大，超過中國。許多有志青年為追隨變法者，紛紛出走東洋，取法救國。清政府迫於內外壓力，為了培養新政人才，也想倚助於日本，因此，清政府採取了鼓勵留日的政策。對留學日本的青年提供有利條件。1903 年，清政府正式頒發了由張之洞擬定的《獎勵遊學畢業生章程》規定留日學生如果能在日本的中學堂、大學堂畢業，並獲得優秀文憑者，分別授以拔貢、舉人、進士出身，並加以錄用。〔註 10〕郭沫若的大哥郭開文正是這一政策的受益者，他留學日本歸來，通過官方考試後，取得法政科舉人的資格。1905 年廢除科考後，更促使不少知識分子以出洋留學為主要出路，使得當時國內許多人湧出國門。以郭沫若的家鄉，地處西南僻地的樂山為例，嘉州最後一位知府李立元（也是辛亥革命後四川漢軍政府首任嘉防統領）早在 20 世紀初，鑒於富國強兵的人才缺乏，再三建議四川總督奎俊選派聰秀之士留學日本。奎俊採納後，任

〔註 8〕 樂山市中區地方志辦公室編：《樂山歷代詩集》，1995 年，第 738～739 頁。

〔註 9〕 《樂山歷代詩集》中將次兄尹世楨與其弟尹維楨混淆。經採訪尹朝楨的孫兒尹儒洪及母親李思敏後證實，書中所記尹世楨簡歷應為其弟尹維楨之簡歷。

〔註 10〕 王曉秋：《中日文化交流史大系》（歷史卷），浙江人民出版社，1996 年版，第 319 頁。

命李立元為四川留日學生監督，他馬上選定包括鄒容在內的四川第一批學生22名，（臨行時，鄒容因故未成行）於1901年以官費留日。〔註11〕1903年，樂山藉人士吳玉章（榮縣人，時嘉定府包括榮縣、威遠）等一行九人掛帆而去。吳玉章在離開四川時慷慨言志「不辭艱險出夔門，救國圖強一片心，莫為東方皆落後，亞洲崛起有黃人」。〔註12〕之後，樂山各縣赴日留學人數大大增加。1904年，井研青年熊克武等一批人陸續到達日本。開始與孫中山結識，參加辛亥革命武裝起義的籌備活動。據這年出洋，後來成為辛亥革命骨幹的彭劭農（夾江藉留學生）回憶，那年四川去的學生就有張瀾等近三百人。郭沫若的大哥和同鄉尹朝楨先生正是在這樣的背景下東遊日本的。由於當時清政府還鼓勵人們「兩條腿」走路，官費與自費相結合。只要本人願意，家長報名，通過省學務處考試，就一律放行。特別是那些自備斧資，出洋留學的學生，回國尤宜破格獎勵，立即擢用。這一規定雖然並沒有實行多久。但在以後較長的時間裏，為青年學子留學日本造成一種寬鬆的氛圍。所以，郭沫若一旦決定去日本，很快就能成行。不到一個月就將願望變成了現實。

二是從郭沫若兩兄弟、同鄉京官尹家兩兄弟以及郭開文與尹朝楨的同鄉關係中，可以看出同鄉家族關係在當時留日風潮的作用。由於國人的宗族觀念，那怕是最個人的事，也常常受到家庭、家族、宗族的影響。世紀初大規模的留學日本熱潮的形成，除了有日本歡迎，本國政府鼓勵的因素外，留日的途徑大都是同鄉間、家族間、親朋好友的互相影響，互相扶持。當時往往是父子、兄弟乃至全家、全族中一人先行，後人接踵而至，相攜東渡。郭沫若的大哥郭開文與同鄉尹朝楨互相影響，同赴東洋。郭沫若留學日本，也是因為置身於一群留日的兄弟、同鄉、朋友之中而做出的人生選擇。而且郭沫若能在日本繼續學業，除了有限的官費支撐外，主要得力於大哥在經濟上的資助。沫若與安娜結婚有了孩子後，開支增大，開文大哥為接濟弟弟，將每月所得僅大洋一百六十元，抽出一百元匯出，僅留下六十元自用，可見骨肉之情。〔註13〕成名後的郭沫若多次深情地談到之所以有後來的成就，全靠大哥的培

〔註11〕高國芬：《辛亥嘉州布告及知府李立元》，轉引自《樂山文史資料》第12輯，1991年，第145頁。

〔註12〕政協樂山市文史委員會編：《樂山同盟會組織的建立和發展》，《樂山文史資料》第12輯，1991年，第30頁。

〔註13〕郭開鑫：《手足情深 郭開文與郭沫若弟兄》，政協樂山沙灣區文史委員會編：《沙灣文史》第2期。

養。特別在憶及在北京「京官」家與大哥共居的日子，更是他人生道路的重大轉折點。

日本留學生的活動，也多以同鄉同學關係群集，當時在日本出版的許多留學生自辦刊物，都有非常濃厚的地方色彩，如1907年創刊東京的四川同人雜誌《四川》，由吳玉章主辦，井研（屬樂山管轄）人王右瑜協助，雜誌在東京設事務所，在成都、重慶設支社，在上海、北京、嘉定、榮縣設辦事所，成為一個跨國發行的雜誌。這一雜誌在團結四川留日學生，凝聚革命力量方面非常重要的作用。在四川保路運動中，成為革命喉舌。四川保路同志會的領導之一彭劭農在東京參加革命黨，就是因同鄉同學彭金門的介紹。他曾回憶，「彭在國內時，隨他父親彭玉堂（算學書院山長）經常住在重慶得風氣之先，他到日本很快就參加了秋瑾、陶成章、徐錫麟、蔡元培等所組織的反對滿清的革命團體『大同社』。彭向秋謹介紹我說：『這是我的同鄉、同學、同宗、又是同寢室』，秋瑾馬上很機敏地回答：『此之謂大同』，表示批准我入社。」〔註14〕可以看出，當時留日學生，即便是在開風氣之先的日本，家族血緣關係也起著至關重要的紐帶作用。

去日本學文科的學生日漸增多，學法政是最熱門的專業。這實際上與中國維新以來，想以日本為借鑒，正在尋求君主立憲之路有關。所以，郭沫若的大哥及同鄉好友尹朝楨不管是否中舉，都感覺到學法政是與國與己都是有利的事，所以一致選擇了政法專業。尹朝楨儘管已經取得舉人功名，仍東遊日本，繼續學習的新的知識，還影響其弟的讀書志向與職業選擇。要不是郭沫若志趣堅定，恐怕也被勸說讀了法政。

三是從郭沫若與尹家兩兄弟的接觸交往過程中，印象最深的是兩兄弟皆對英語非常重視。郭沫若被京官尹先生帶出去看外文原版電影而出洋相，使得京官非常失望。而由於郭沫若能夠為其弟查英文字典，又得了其弟的友誼和尊重。在這位當時的時尚青年看來，英語是一門有趣又有用的東西。有趣是因為新鮮好奇，有用是因為要用它來與外國人打交道。這說明二十世紀初中外文化交流碰撞，知識青年的改革開放意識還是很強的。

很有意思的是，沫若生動細微地記載了尹家兩兄弟之間的隔閡芥蒂，「京官」不到四十歲，是一個「為人嚴正而有操持」的人，替同鄉朋友接待親友，常敘天倫且家庭責任心很強，常常以兄長的威嚴來管教弟弟，引起弟弟的強

〔註14〕彭劭農：《辛亥革命時期我的曲折經歷》，樂山文史資料第十二輯（175）。

烈不滿。而弟弟當時抹很厚的雪花膏，並且吸紙煙，且有自己的一套見解看法，甚至很新潮地用弗洛依德的理論來解釋其兄的嚴正操守。完全是個很講個性的「時尚青年」，兩兄弟間的矛盾，實質是當時新舊道德觀念的衝突。在弟弟看來，一夫一妻、自由戀愛是符合道德的事。而大哥有一妻一妾〔註15〕，則是很封建，很不道德的。沫若為什麼要在自傳中記敘這些看來是雞毛蒜皮的事呢？因為從這兒可以看到世紀初新舊之交思想道德、家庭觀念的變化。也許還有對自己後來的婚姻經歷深有感觸，藉此而發，暗澆塊壘罷了。他自己後來的婚姻也正在新舊之間。

從郭沫若自傳小說中東鱗西爪的記載，會深深地感受到，郭沫若的自傳，首先是歷史的，然後才是文學的。從個人的一滴水珠，可以看到時代大潮的湧動。他的自傳體文本中，最客觀的史實和最主觀的激情相輔相成，宏觀的視野與微觀的細節相得益彰。從他的描述中，總能感覺到西方的盧梭，日本的「私小說」等外國文化因子滲透在中國歷史文本的奇妙功效！

〔註15〕正如自傳中記載京官的弟弟所言，尹朝楨有一妻一妾，皆為樂山人，妾李氏為樂山城內出名的美人。

少年郭沫若為何最喜愛《啟蒙畫報》

晚清之時，維新改良、開啟民智成為那個時代的流行詞。啟蒙從普及做起，從兒童開始，是一幫愛國志士的共識。1902 年 6 月 23 日，北京最早的民辦報紙《啟蒙畫報》應運而生。創刊之時，該報在《緣起》中開宗明義地宣告辦報之宗旨：「將欲合我中國千五百州縣後進英才之群力，闢世界新機。特於蒙學為起點，而發其凡。」果然，《啟蒙畫報》創刊後即將啟蒙和普及的觸角伸向全國各地，全國主要的 20 來個大中城市均有點發行。單是成都就設了桂王橋圖書局、學道街志古堂書莊、學道街二酉山房等三個發行點。也是機機緣巧合，郭沫若的大哥郭開文 1904 年春，考入了在成都的東文學堂。有了大哥的採集，《啟蒙畫報》等一批新學書籍就由北京流到了西南的偏僻小鎮樂山沙灣，放在了少年郭沫若的枕邊。

1928 年，郭沫若逃亡日本，生活沒著落的情況下，開始賣文為生，自傳《我的童年》就是在此種情況下撰寫而成。書中回憶少時所讀種種新藉，猶以對晚清《啟蒙畫報》情有獨鍾。書中詳細回憶關於畫報的種種印象，感歎道：「《啟蒙畫報》一種，對於我尤有莫大的影響，……這部《啟蒙畫報》的編述，到現在我還深深地記念著它」。〔註 1〕但問題隨即而來：《啟蒙畫報》是甚麼人編輯的，少年郭沫若沒弄清楚，回憶中也就說不上來。也難怪，僅憑記憶確有好些不準確的地方，譬如《啟蒙畫報》的出版地點，郭沫若回憶好像在上海。實際上而在北京，具體在北京前門外五道廟西。《啟蒙畫報》沒有關

〔註 1〕郭沫若：《我的童年》，《郭沫若全集》文學編第 11 卷，人民文學出版社，1992 年版，第 43 頁。

於主編者及機構名稱的署名。每一篇文章也沒有作者出現。那麼首先就要弄清楚：

一、《啟蒙畫報》的編述者有哪些

關於《啟蒙畫報》的主辦者，經過學者的不斷努力，已確認為晚清著名報人彭翼仲先生。梁漱溟先生的回憶《我的自學小史》中，比較清楚地說明了這一問題：

> 我的自學作始於小學時代。奇怪的是在那樣新文化初初開荒時候，已有人為我準備了很好的課外讀物。這是一種《啟蒙畫報》，和一種《京話日報》。創辦人是我的一位父執，而且是對於我關係深切的一位父執。他的事必須說一說。
>
> 他是彭翼仲先生（詒孫），蘇州人而長大在北京。祖上狀元宰相，為蘇州世家巨族。他為人豪俠勇敢，其慷爽尤為可愛。論體魄，論精神，俱不似蘇州人，卻能說蘇州話。他是我的譜叔，因他與我父親結為兄弟之交，而年紀小於我父。他又是我的姻丈，因我大哥是他的女婿，他的長女便是我的長嫂。他又是我的老師，因前說之「啟蒙學堂」就是他主辦的，我在那裡從學於他。〔註2〕

正是梁漱溟一家與彭翼仲的特殊淵源關係，而且梁漱溟的父親梁濟先生還在資金方面鼎力資助彭翼仲辦報，所以他才可能親自讀畫報，而且就讀於蒙學堂。《啟蒙畫報》創刊，即是為十六開紙型共八版內容。要撰稿、要編輯、要校對付印、要發行，僅憑彭翼仲一人之力，顯然不行。肯定還應有合辦者，彭仲翼自述中提及：

> 壬寅（光緒二十八年，1902年）春，從弟谷孫，由申歸，相與痛論時局，悲滄諮歎。手無寸柯，救時乏策。苦思多日，欲從根本上解決，闢教育兒童之捷徑，遂有《啟蒙畫報》之舉。此舉，實出於從弟之贊助。初出版時，弟撰稿甚多。〔註3〕

翼仲提到的「從弟谷孫」是誰？，據姜緯堂先生考證，此人為彭翼仲堂弟，字子嘉（1866～？年），號及翁，是其五伯父彭祖彝之少子，貢生出身，

〔註2〕梁漱溟：《我的自學小史》，《梁漱溟全集》第2卷，山東人民出版社，2005年版。第669頁。

〔註3〕彭翼仲：《投身報界》，引自姜緯堂、彭望寧、彭望克編《維新志士 愛國報人彭翼仲》，大連出版社1996年版，第113頁。

官至二品。辦報之事，實翼仲與堂弟合計之舉，而且是《啟蒙畫報》初期的主要撰稿者。〔註4〕在前期報界中，彭子嘉作為創辦者之一，不僅親自撰文，而且在資金上給予巨大的支撐。為助兄辦報，甚至變賣了房屋的資金，才緩解了辦報資金的燃眉之急，應該說，彭翼仲的堂弟彭子嘉在這一報紙前期是功不可沒，以致於外界認為此畫報是彭子嘉所辦。《大公報》刊發的報導稱「彭子嘉部郎自創畫報以來，一紙風行，消路甚廣。近來各處西人紛紛致函購定，並稱該報辦法之善，用心之苦，以為即此一端足見中國無論如何皆有不能不變之勢。」〔註5〕只是後來八國聯軍攻入北京，慈禧逃至陝西之時，子嘉作為朝廷命官，必須隨之調離，才退出《啟蒙畫報》的各項事宜。

翼仲自述中還提到一位《啟蒙畫報》的協辦者：「有某君去者，原名某某，為繼妻孫氏之太表叔，曾幫助辦理《啟蒙畫報》。後赴天津，入巡警學堂，寄家室於京門。」〔註6〕這位翼仲的遠房親戚（繼妻孫氏之太表叔）「某君」。為時局諱，彭翼仲在自述中隱去了姓名。經姜緯堂等人對此校注，認為此人就是後來北京名躁一時的探長史伯龍。遺憾的是，彭翼仲沒有更多地介紹此君介入《啟蒙畫報》的情況，而將重點放在此君與當年行刺出國考察的五大臣傳奇大案關係方面。

二、關於《啟蒙畫報》中的連載小說《豬仔記》

《啟蒙畫報》中，給少年郭沫若印象最深的是連載小說《豬仔記》。事隔多年，郭沫若仍然能繪聲繪色回憶出小說的大致情節。這篇小說的作者是誰，但郭沫若卻遺憾的說：「但可惜我現在記不起作者的姓名。但那書中也好像沒有姓名的」。

的確如此，《啟蒙畫報》上所有的文章，都沒有署名，這對我們考察所載之文的帶來極大不便。讀彭翼仲自述，才知《豬仔記》是彭翼仲的妹夫杭辛齋所撰。自述敘述了這篇小說面世的背景。為清晰地瞭解當年轟動一時的歷史事件，不妨詳引原文：

〔註4〕彭翼仲：《投身報界》，第115頁。

〔註5〕《紀〈啟蒙畫報〉》，《大公報》1902年9月13日；轉引自吳果中：《圖說中國近代知識普及化傳播——以〈啟蒙畫報〉為中心的視覺解讀》，新聞與傳播研究，2010年第4期。

〔註6〕彭翼仲：《某君與藤堂調梅》，引自姜緯堂、彭望寧、彭望克編《維新志士 愛國報人彭翼仲》，大連出版社1996年版，第115頁。

> 《京話日報》登有非洲華工受虐情形。英國公使薩道義「出頭干涉」，利用前清半化之政府間接壓制。由五城地方宮傳余往，勒令具甘結，不准再登交涉事。余姑諾之。翌晨親往英館，與薩道義直接交涉。辯論多時，翻譯梅爾思窮於詞。與之約曰：「請貴公使電詢非洲。所登不實，用貴公使名義到報館更正，不必利用我政府。歸候二十四點鐘。倘不盡虛，敝館尚有未登畢之稿，如無複詞，即是默許，定然和盤托出。」歸候兩日寂然，遂接續登錄數日。杭辛齋編演小說，歷訴華工受虐之慘狀。是時，英人與政府訂招工合同，正在履行。受報紙影響，同胞裹足不前，救活無算。非洲工場，亦不敢肆行無忌，再如往日之虐待矣。本報之聲價，從此增高，由五千餘紙，不十日漲至八千紙。〔註 7〕

其實杭辛齋編演小說《豬仔記》，最早於 1904 年 1 月 17 日（癸卯年 12 月 1 日）在《啟蒙畫報》「新小說」欄連載。後來，該年的 8 月 29 日（七月十九日）《京話日報》第 14 號以《招人送死》為題，在「本京新聞」登載南非英國當局虐待華工的宣傳。遂有上述英國公使薩道義出頭干涉，利用清政府進行間接壓制的事件。彭翼仲親與薩道義交涉，取得勝利。彭翼仲就此事在《京話日報》第 73～76 號發表演說《本報忽逢知己》。因報紙的不斷的報導宣傳，北京五城公所張出告示，禁止英人招募，告示登在第 137 號的《京話日報》上，報紙聲譽由此大增。《豬仔記》再次在《京話日報》第 50 號始連載，則是在本年的 10 月 4 日（陰曆八月二十五）了，刊載中同樣配有插圖。

杭辛齋（慎修），海寧長安鎮人，晚清著名報人，和彭翼仲一樣，也是愛國志士、革命先鋒。杭辛齋於 1897 年 10 月與嚴復、夏曾佑等創辦我國第一張民辦報紙《國聞報》，大力鼓吹變法維新。他還曾上書光緒帝，條陳變法自強，因而兩次被密旨召見，並賜「言滿天下」象牙章。戊戌政變後，在政治高壓下，新聞界噤若寒蟬，獨《國聞報》以《視死如歸》標題，首家報導「六君子」被殺消息，從而被勒令停刊。杭辛齋對清庭徹底失望之後，於 1905 年加入同盟會，從維新人士進步為革命黨人。他和彭翼仲志同道合，同辦《京話日報》《中華報》，並任主筆。因此，杭辛齋同時撰稿於《啟蒙畫報》應該是順理成章的事。之後其因兩報揭露清廷腐敗，報紙遭封閉，雙雙被捕下刑部獄，

〔註 7〕彭翼仲：《報紙之身價》，引自姜緯堂、彭望寧、彭望克編《維新志士愛國報人彭翼仲》，大連出版社 1996 年版，第 115 頁。

幸得各界輿論支持，免於一死，杭辛齋被解回原籍禁錮。後追隨孫中山，參加辛亥革命，功勳卓著，被選為國民黨一大代表。

《豬仔記》在《啟蒙畫報》上連載後，配合著新聞報導，又在《京話日報》上連載。新聞與創作同時造勢，產生巨大的社會效應。一方面，是兩種報紙影響大增，身價大漲。「由五千餘紙，不十日漲至八千紙。」另一方面，直接打擊了英國殖民者囂張氣焰，以至英國公使出面干涉。而且兩報的廣泛發行，使遠在西南邊地的少年郭沫若也讀到此小說，並且受到深刻的影響。只是郭沫若在回憶時，將小說中的事件發生地，記成美國，並由此推測作者也可能是留美學生。

這篇在當時具有重在現實意義的小說，在近代文學史中卻極少提及。而郭沫若卻非常敏銳地指出這部小說的重要價值。以獨特的視角提及小說在題材和主題上多重性。從作者意圖的角度，郭沫若認為小說「充分地包含著勸善懲惡，喚醒民族性的意思」。按照《啟蒙畫報》圖說編排原則，配合小說連載內容，以插圖畫龍點睛，其構圖主要突出了華人被洋人虐待和侮辱的場景：「一個洋人將一群華人的長辮子結在一起，手執其中一根，牽這群華人的圖畫，以及洋人揮舞鞭子抽打華人的圖畫，把洋人的趾高氣揚和華人的悲慘境況表現得淋漓盡致。」〔註8〕大家知道，被大清國視為神聖不可侵犯的辨子居然被洋人如此糟踐，實際上就是對大清國國格的侮辱。插圖主要突出我弱國子民地位，反映了外國列強對中華人格的欺凌踐踏，以激起振興民族的氣概。但郭沫若同時從階級的角度，指出資本家對勞苦工人的剝削壓榨，他分析道：「這裡雖然充分地包含著勸善懲惡、喚醒民族性的意思，但從那所敘述的是工人生活，對於榨取階級的黑幕也有多少的暴露的一點看，它可以說是中國無產文藝的鼻祖。」〔註9〕此時真正是無產者的郭沫若，由其境遇，因為赤貧的生活，再加之近期內首張革命大旗，造就其獨特的評論視角，郭沫若將《豬仔記》和無產文藝聯繫起來，還真是有點道理。但一直以來，文學史對這部小說的重要價值和地位缺乏介紹和關注。上個世紀80年代，報界研究學者方漢奇先生曾呼籲：杭辛齋編演小說名《豬仔記》，章回體。刊出時，配有插圖。

〔註8〕彭望蘇：《文采風流今尚存——百年以前的兒童刊物〈啟蒙畫報〉》，《貴州文史叢刊》，2000年第5期。

〔註9〕郭沫若：《我的童年》，《郭沫若全集》文學編第11卷，人民文學出版社，1992年版，第44頁。

晚近之言近代報刊小說、晚清小說者，皆不知當年尚有此頗具影響之作，失於論列，應補。〔註 10〕

三、《啟蒙畫報》插圖者及圖畫的功效

《啟蒙畫報》從名稱看，一開始確定了圖說的性質，而且初衷以畫為主，該報創刊號《緣起》在交待其「宗旨」後，第二條就論及報中以「圖畫」為主的原因：

> 曰：古之小學，左圖右史，今以圖說，創為日報。惟是丹青綺麗，物理何裨，論議邃通人之病。故孩提腦力，當以圖說為入學階梯，而理顯詞明，庶能收博物多聞之益。

緊接著又在（論說）條解釋：

> 圖畫下方演為論說，貴能引申其理，毋使藻飾其詞。理達詞明，書能盡讀，進而益上學，為通儒養正之功，必從此始。

這條實際上強調，論說文字應該從畫中引申而來，文字反而是為圖畫服務的。與《緣起》相呼應的，還有同時刊載的《教閱畫報法》第 4 條：「報中圖畫多具新理，課讀之暇，使其臨摹，作繪事之津梁，助讀書之興會。」這些編輯意圖，實際上是提示讀報人，報中的圖畫自有其獨立性，一是圖畫包含了諸多嶄新的意蘊，需細細揣摹。二是由於圖畫的直觀性和審美性，可以提高讀書的興趣，三來還可以作為繪圖學習的摹本，通過臨摹，直接掌握繪畫的基本要點和技法。因此，圖畫實際上起到美術課教材的作用。以郭沫若為例，即是在閱讀之餘，「用紙摹著它畫了許多下來，貼在我睡的床頭牆壁上，有時候塗以各種顏色。」〔註 11〕可見畫報中圖畫的功傚之顯著。圖說的方法不僅同時訓練兒童對事物的多種感知方式，還是從感性畫面入手，理解理性知識的作用。臨摹不僅像教閱畫報法所說那樣，從引發興趣入手，「助讀書之興會」，而且幫助兒童由淺入深，由畫面到文字，反覆去記憶、理解、鞏固報中內容。所以，事隔很多年後，像郭沫若這些當年的兒童還能能津津有味地回憶出報中的內容來，甚至可以講出大致的情節，這些插圖功不可沒。

為《啟蒙畫報》做插圖的是劉炳堂先生，從 1902 年起，他毅然擔當起這

〔註 10〕方漢奇：《清末的京話日報》，《方漢奇文集》，汕頭大學出版社，2003 年版，第 265 頁。

〔註 11〕郭沫若：《我的童年》，《郭沫若全集》文學編第 11 卷，人民文學出版社，1992 年版，第 43 頁。

一重任。仍然是梁漱溟先生提供了繪圖者的基本情況：

> 圖畫為永清劉炳堂先生（用烺）所繪。劉先生極有繪畫天才，而不是舊日文人所講究之一派。沒有學過西洋畫，而他自得西畫寫實之妙。所畫西洋人尤為神肖，無須多筆細描而形象逼真。〔註12〕

其實，劉炳堂先生的圖畫風格受制於當時的印刷技術，他以白描線畫儘量和文字內容相配合，做到相得益彰。雖然沒有色彩，但圖畫本身的趣味性和故事性。卻自然地吸引著讀者，而樸素的畫面又為讀者提供了想像的空間和沉思的可能性。所以，少年郭沫若才可能再拿起顏料塗抹，進行二度創作。相比於今天很多兒童讀物，太花哨的色彩，造成嚴重的視覺污染，讓人眼花繚亂，而圖畫本身意義卻被遮掩。《啟蒙畫報》的圖畫本身對當下兒童讀物圖文的處理，是有借鑒意義的。雖然該報最吸引讀者的是圖畫，但在實際的編輯過程中，這樣圖畫與文字的主輔關係還是顛倒過來了，最終仍是以文字為主，而圖畫主要為配合文字而使用。

四、關於《啟蒙畫報》所載之「道」

《啟蒙畫報》雖然上天入地，人文自然、草蟲魚獸、內容雜駁。但始終有一根紅線貫穿其中，就是突出民族性。《啟蒙畫報緣起》最後一條，述其創刊的目標和（理想）：

> 當世界大通，維我國民不特躡列強之後塵，尤宜開公理之進步，此大通之世界求諸囊編四庫，無其陳跡，揆諸今代萬國猶待大同，往者已矣，來日方長，攘攘群生，茫茫大陸，竊願合我中國千五百州縣英才之群力，豁然開世界新機也，豈得諉為烏托耶！〔註13〕

辦刊目的是讓普通大眾開闊眼界，認清世界的格局和形勢，盡快迎頭趕上，以免被開除地球球籍。因此所有的文章都服從於愛國、強國這一主線。維新派所持的「中體西用」策略仍然是該報的主導思想。在《啟蒙畫報》中，民族性不僅僅體現在愛國的情感與情緒，不僅僅體現在表達圖存救亡的緊迫感，不僅僅只是光大中國特有的語言文字。從文化傳承的角度來看，文中所載之「道」，仍然是民族傳統文化特有的價值觀、哲學觀、審美觀和思維方式。

〔註12〕梁漱溟：《我的自學小史》，全國政協文史資料委員會編：《學林碎影：當代著名學者自述》2000年版，第204頁。

〔註13〕《啟蒙畫報緣起》，《啟蒙畫報》第1期，1902年6月23日。

比如忠君愛國，比如忠孝節義等。即使是對中外名人事蹟的敘述描繪，如拿破崙、西鄉隆盛、俾斯等人，都是作為民族英難的榜樣，來激發國人。當然其中還夾雜了英雄美人的模式，難怪郭沫若讀拿破崙的事蹟，最心動的是廢后約瑟芬對拿破崙的情意。這些細節也許潛意識地影響了郭沫若的英雄觀和愛情觀。縱觀他後來的歷史劇，那些為國殉忠的英雄身後，大都有一個忠貞不渝的美女為之殉情。在潛移默化中，也許和《啟蒙畫報》中這些故事模式有些關聯吧。

即便是那些介紹自然科學知識的課文，其實也深含著中國傳統的美學思想和審美情趣，諸如《啟蒙畫報》中一篇《圓十六則》〔註 14〕對「圓」的介紹，文中用起興的方式，首先說「圓是自然萬物的道理」。然後從大到日月星辰，小到瓜果籽粒說明：凡圓的東西，裏頭多含生氣。如若不圓，生氣就含不住，所以花子和魚子，都是一股生氣結成，故都成圓形。圓的理，真是無窮無盡。」這樣言簡意賅，說明為什麼圓在人們心目中至高無上的地位，是因為圓是生命的載體。接下來，課文從聲光化電等方面說明為什麼圓能孕含生命，課文大量運用類比的方法，從感性到理性，從具象到抽象，逐步解釋：圓能聚光，圓能聚力，圓能聚熱，圓能聚聲的特徵。並以此舉一反三，觸類旁通，悟其關於圓的哲思。如課文說明圓能聚力後，緊接著說，「圓聚力，可以把小的放大，也可以把大的縮小，譬如照像，一塊小圓鏡，能把很大的人，縮成二、三寸長。……因天是一個大圓的，故能把無數行星，都包含在內。」然後又以煮元宵為例，說在鍋內攪拌，鍋中的元宵便跟著旋轉，以說明不僅日月星辰是圓的，包含著這些行星的天體也是圓的。課本特別強調：「若但講日星體圓，不講天體本圓，那就是捨形論影了。」至此，我們發現，作者其實想讓讀者明白的是圓具有包容性這一的特徵。我們知道，中國人一直崇尚「圓」，並且以「曲」為美。圓滿、圓融、圓通等詞都與和諧美滿相關，是中國美學的最高境界。但為什麼國人如此崇尚「圓」和「曲」的形態呢，肯定與國人自古以來對自然的觀察和認識相關。這篇課文是從自然知識說起，層層遞進地闡釋了中國傳統的美學原理。

五、關於《啟蒙畫報》的教學理念

末了，還得再引用郭沫若由《啟蒙畫報》引申出的感歎：「以兒童為對象

〔註 14〕《圓．十六則》，《啟蒙畫報》第十二冊，光緒二十九年六月朔日。

的刊物很重要而且很不容易辦好，可惜中國人太不留意了」。這樣的批評今天也並不過時。如果說《啟蒙畫報》傳播的價值觀，在今天看來，也許有偏頗、或者具有時代侷限性的話，那麼這個刊物所傳達的教育理念，卻是非常超前的，值得我們的教育界借鑒學習。比如我們今天我們提倡以學生為主體，教師為主導的教育觀，強調舉一反三、觸類旁通的啟發式教學法。在這本書中，都可以找到許多成功的案例。梅家嶺先生在最近的研究中，舉出這方面的實例，並將此教材稱為「流動的教材，虛擬的課堂」。〔註15〕其實這個標題可以稍作改動，應該稱做「真實的課堂」。因為當時的辦報者一邊在辦報，一邊在嘗試辦新式的蒙學堂。本想以辦學以補辦報之資金嚴重不足，但是，以辦學促辦報的經營模式最終徹底失敗，不僅沒有緩解資金壓力，反而雪上加霜，「累賠日深」。但是，先生一邊辦學，一邊編課堂讀物，兩相促進、互相印證，有的簡直就是課堂教學實錄。報中所載之文直接成為課堂教學實踐的產物，使《啟蒙畫報》極具師生互動的特點。報紙各冊所講內容的循序漸進、首尾相銜、語言通俗簡潔，富於節奏感，宜於誦讀，充分的口語化等，這些都是情景式教學的真實呈現。這樣的效果大概是創辦者意想不到的。

〔註15〕梅家嶺：《晚清童蒙教育中的文化傳譯、知識結構與表述方式》，引自《兒童的發現 現代中國文學與文化中的兒童問題》，北京大學出版社，2011年版，第10頁。

郭沫若題簽並序的《言子選輯》

抗戰時期，樂山人楊世才（楊葉）曾編著一本四川歇後語集子《言子選輯》，於 1942 年 6 月在重慶初版。初版本只收入了 360 條言子，且並沒有對這些「言子」作更多的注釋和處理。沒想到出版後卻大受歡迎，初版很快售完，這極大鼓舞了作者，於是他再接再厲，繼續搜集整理，於 1943 年 5 月《言子選輯》以全新的面貌再版。再版的《言子選輯》除了將搜集的「言子」增加到 615 條，補遺 18 條，懸賞徵求「言子」36 條（有現成上句，徵求下句）之外，還依據「言子」的構成特點分為會意、諧聲、典故、形容、虛構、兩用等六格，並對每一條言子做了注釋。比如會意格：關上門做皇帝——自尊自大（注解：自己捧自己）；典故格：劉備的江山，哭出來的（以哭要挾而成功者）；諧聲格：外甥打燈籠——照舊；形容格：瞎子坐上席——目中無人（喻人傲慢也）；虛構格：蚊子兄弟菩薩——錯認了人。兩用格：閒時不燒香，臨時抱佛腳。從這些例子可以看出，作者幾乎對收入書中的每一條言子的性質都作了詳細的考查和疏理。而作者自擬的《再版・自序》完全可以看成是對四川「言子」性質和歸類的研究文章。因此，1943 年的再版本和初版本相比，有更重要的學術價值。

作者楊世才：重慶最早的新文化傳播者

《言子選輯》的作者楊世才（1886～1950），筆名楊葉，出生於樂山縣篦子街，年幼時父母雙亡，由祖母撫養。後進入教會學校，由傳教士詹姆斯推薦，於 1915 年進入華西協合大學。畢業後到上海，在洋行當翻譯。受當時社會主義和無政府主義思潮的影響，楊世才對勞工神聖、工讀互助生活理念和方式非常感興趣。繼而到長沙與友人於 1920 年 12 月成立「大同協社」（後改為「大同合作社」），共同實踐「工讀互助」的主張。其成員有袁紹先、郭開第、張勉之、謝嘉陵、張公天、李鴻盛等 10 餘人。〔註 1〕該社既是生產合作社，又以固定的時間共同學習，既解決經濟問題，又共同追求大同社會的信仰和主張，當時在全國有一定影響，開辦近一年後被當局以「實行共產主義，傳播危險思想」為由封閉。

幾經挫折，楊世才返回四川，1924 年在重慶天主教堂旁邊開辦「重慶書店」。書店從外地購入了大量宣傳民主和科學的書籍和讀物，不僅向社會各界售自然科學、社會科學方面的書籍，同時也大膽地向青年學生們出售《新青年》《每週評論》《語絲》《創造》《洪水》等進步雜誌，被稱為重慶第一家介紹馬克思主義，傳播新文化、新思想的書店。這家書店的性質，頗有些同當時「成都華陽書報流通處」相呼應的意味。楊世才不僅僅經營新文化書刊，還拿起筆來，以「楊葉」的筆名撰寫評論時局的進步文章，由此他結識了《新蜀報》的主筆、共產黨人漆南薰、惲代英、蕭楚女等人。該書店的店員和讀者好些都是思想進步的有志青年，以後紛紛走向革命，成為新中國建設的骨幹力量，其中就有重慶解放時擔任市長的王維舟。

1927 年，楊世才出任重慶宏育中學校董，後出任校長。重慶成為陪都後，楊世才邀請好友唐幼峰，名中醫金卿等友人，適時創辦了「重慶指南編輯社」，從名稱看，即知楊世才有要將《重慶指南》做大做強的雄心。1939 年「五三、五四」日機對重慶的大轟炸中，宏育中學被炸，重慶書店也停業，楊世才舉家遷往南岸清水溪真武段五號，任教精益中學，但他仍沒有放棄《重慶指南》的編輯。《重慶指南》從 1937 年的創刊號開始，直到 1948 年，近十年間共出版 12 本，為外籍人士提供了在重慶生活的便利。〔註 2〕

成書背景：重慶文化格局重構下的方言研究

楊世才選編《言子選輯》有時代的必然，也有人生的偶然。他所開辦的重慶書店注重地方文化的出版發行，特別是抗戰時期重慶成為陪都後，全國各地各行業的精英齊聚重慶，帶來全國範圍內區域性文化的碰撞和交流，四

〔註 1〕周勇主編：《重慶通史》第 2 冊，重慶出版社，2014，第 15 頁。

〔註 2〕文是之：楊世才編《重慶指南》，後輯入《巴蜀軼事》，中央文獻出版社，2007 年版。

川文化特別是巴文化在中國文化版圖的位置發生重大變化，從地方的邊緣走上了文化中心的舞臺。從語言到吃喝住行，外來人員需要迅速適應並掌握重慶乃至四川的生活和文化環境。而有多年文化從業經驗的楊世才敏感地捕捉到重慶的文化需求。他很快調整書店的出版方向，將編輯《重慶指南》作為他在抗戰時期的重頭工作。這本雜誌對重慶的歷史沿革、風俗習見、街道地名，風景名勝、方言俚語作了較為全面的介紹。楊世才還親自繪就重慶的街道圖，這一地圖在很長時間成為重慶行走的必備工具。

陪都重慶的文化格局重構之後，全國各地人員在語言交流方面呈現出眾聲喧嘩的盛況。原來的四川本地人對家鄉的言語並沒有特殊的感覺，但有了來自全國各地不同言語的參照之後，方言的差異性在這個城市被放大了，楊世才正是在這樣的背景下，想到要介紹研究重慶「言子」。關於這一點，他在1943 年再版的《言子選輯 · 再版自序》中作了詳細介紹：

> 五年前就有一位華大的同學袁宗周醫生，他介紹我去買這一本小書（注：指重慶方言小書《展言子》），並且主張我挑選些好的言子刊入重慶指南的方言中，認為有介紹的必要。在當時我卻漠然視之，毫不在意地便過去了。事隔兩年，偶然間好奇心動跑去買了一本，翻來覆去看了幾遍，在那僅僅二百數十條言子書中，發現一小部分可以錄取的資料，同時並引起我過去的回憶，覺得從幼至今聽過許多這樣的話，只當作一種巧妙的話頭，卻不曾留心過它的普遍性，今天我才決心開發這個新的園地。

序言：郭序、黎序和作者《再版自序》之間的互文對話

《言子選輯》再版本以郭沫若的題簽作封面，增加了郭沫若和著名語言學家黎錦熙先生的兩篇序言，以及作者自己的《再版自序》。郭序寫於 1942 年6 月初版剛剛印行之時。郭沫若當時並未見到再版內容。因為初版內容相對單薄，學術性不強，因此郭沫若寫序重在鄉誼之情，同時也多含對本土文化重視和研究的鼓勵之意。而黎錦熙的序則是寫在 1943 年 4 月，應是在見到再版本的稿子後的所發之見，因此「黎序」的針對性更強。在請求兩位文化大家寫序的過程中，作者曾將自己關於「言子」研究的觀點和想法與兩位先生進行過探討，所以《再版序言》和郭沫若、黎錦熙的序具有很強的互文性，它們構成關於「言子」性質的討論對話。作者楊世才在《再版 · 序言》中探索「言

子」的源流，力圖將此與諺語、謎語或歇後語區別開來，認為其源流是春秋時期的瘦詞，流傳到民間就成為「言子」，這種語言方式往往在民間口頭流傳，沒有專門的典籍記載。「言子就是富有幽默感的一種藝術的說話」，是將譴責和譏諷之詞用暗比的方式說出，以避免聽的人受到直接的衝撞和過分的刺激。郭沫若和黎錦熙似乎不太認同楊世才的看法，他們都非常欽佩作者的努力，都認為很有搜集研究的必要。但說到言子的性質，他們更願意將言子放進主流的語言學概念之中來闡釋。黎錦熙認為「『言子』正是北平的俏皮話兒，與原始格的歇後語，雖非一亦非異也」。「諺語的範圍應包括這些言子一類的材料」。郭沫若很謹慎的認為這些言子「似可稱為集口頭謎語之大成」，而將「言子」歸於謎語一類。三人的看法之所以有分歧，是因為學術研究的視角不一致，黎序和郭序更多是取「民族性」角度，從中國大一統語言類型的角度，強調其「言子」與整體的諺語、歇後語的共性。而楊世才更多地取地方性角度，從方言入手，辨析其獨特的文化風貌，強調其與正統語言學概念的差異性。不管怎樣，楊世才從辨析四川「言子」特徵入手，為理解川人的文化性格找到了一把鑰匙，他的努力，實際上是在提醒人們重視區域性文化的獨特性。

封面、封底：李劼人創辦的樂山嘉樂造紙廠的廣告

《言子選輯》封面字體豎排，從右到左，第一豎排：「重慶指南編輯社語言學叢書第一種」，表明楊世才從出版這本書開始，有了一個較為宏大的出版計劃，他要準備編輯出版一套「語言學叢書」，而《言子選輯》只是這套叢書的「第一種」。是不是因為《言子選輯》初版後，反響很大，因而激發他對語言學研究，特別是方言研究的濃厚的興趣了呢？可惜因為戰亂，作者這一宏願並未實現。

封面中間是郭沫若題寫書名並簽名，還有印章。而左下角一排小字：「本書封面紙係嘉樂製造廠出品」。在本書的封底，樂山嘉樂製造廠的廣告再一次出現。顯然楊世才與嘉樂造紙廠有密切關係，封面的信息與封底的廣告都旨在宣傳擴大嘉樂造紙廠在全國的影響。抗戰時期現代著名作家李劼人任嘉樂紙廠的董事長，這一段時期是嘉樂紙廠發展的黃金時期。因為戰爭，外地的紙張無法運入川內，而遷都重慶後，政府、各大型企業、高校、科研機構、報社書局等文化單位用紙量激增，紙張極度匱乏。國民政府經濟部成立「日用品供應管理處」，對戰時緊缺物質進行統一管理，紙張當然也包括在內。樂山

嘉樂造紙廠迎來快速發展的大好時機，他們拿到了國定中小學課本的紙張供應的特許證，出品的紙張供不應求，〔註3〕但仍然以廣告大力宣傳，所以廣告上稱：「本公司創於民國15年，開川內機器造紙之先河，慘淡經營，得有今日。大量供應機制優良國產新聞紙、書報紙，各色磅紙」，楊世才作為樂山人，當然樂意為在家鄉的廠家做宣傳。這本用嘉樂紙印製的小書為我們提供了嘉樂紙廠昔日輝煌的實物佐證。

扉頁：尋親啟示中的抗戰悲劇

《言子選輯》編輯期間曾得到他內兄陳劍吾的妻子陳心如的幫助。她念過中學，有一定的文化基礎，早年又隨夫走南闖北，走遍四川各地，對於川中「言子」爛熟於心。當楊世才編輯《言子選輯》時，她自然提供不少資料。由此不斷勾起楊世才對那位失蹤的內兄的不斷的懷念。所以《言子選輯》再版時，作者在扉頁上半部分題寫「本書獻給內兄陳君劍吾」，下半部分則介紹了陳劍吾的生平

> 陳君劍吾，彭縣人。在川軍服役多年，歷任連長、營長，團附（副）參謀等職。嗣入成都軍分校，畢業後送壯丁山西，回渝待命。適值廿八年（1939年）五三、五四兩次大轟炸，身親目睹，憤日寇之殘暴！乃毅然自備資斧奔赴江西投效昔年長官。迄今四載，杳無音信。如有陳君同學、好友知其下落者，幸乞賜示，編者以便慰其家屬。實為感荷！楊世才謹識。

這段介紹實際上就是一篇尋親啟示。以此書作為媒介，以川音方言來尋找一位獻身民族、矢志抗戰的熱血男兒。這一個淒婉的歷史故事重現川軍抗戰的悲壯歷史。據資料統計，全國最主要兵源地：四川共出兵340萬，占全國總數20%以上。傷亡：64.6萬，占國民黨軍隊傷亡總數20%左右。四川約14人中即有一人當兵，全國5個抗日軍人中就有1個四川人。〔註4〕楊世才的傷心家事只不過是戰爭時期無數悲劇中這一例。

借方言集子的發行，尋找走上抗戰前線而失蹤的親人，紀念抗戰將士，使本書帶上濃鬱的時代色彩。當然不僅僅是這一則獻辭，還有正文中所選的

〔註3〕付金豔：《實業家李劼人檔案揭秘》，上海書店出版社，2016年版，第41頁。

〔註4〕馬振武、奚霞：《中國第二歷史檔案館有關抗戰時期四川省檔案的綜述》，《四川抗戰檔案研究》，西南交通大學出版社，2005年版，第4頁。

十來條關於抗戰的「言子」，如鍋中無米——抗戰到底，牛郎織女鬧離婚——七七事變，地球打擺子——世界大戰，太平洋會議——缺德等，都是百姓在抗戰時期創造的鮮活「言子」。因此這本集子是抗戰時期苦難歲月誕生的方言著述最好見證。

後記：關於《言子選輯》史料的發現和補充

上個世紀 90 年代初，王泉根先生根據在舊書攤上所購《言子選輯》，將該書再版本中郭沫若的序言全文錄出，同時對版權頁信息作了介紹，以《郭沫若的一篇佚文》為題，刊載於《郭沫若研究》第九輯（文化藝術出版社，1991）。之後，龔明德先生以《話說〈言子選輯〉》為題（載《龍門陣》1996 年第 1 期），對該書的來龍去脈、基本內容，學術意義和史料價值作了較為詳實的介紹。遺憾的是，當年龔明德先生所覓到《言子選輯》缺乏封面、版權頁和目錄，因此在介紹中關於該書有些信息缺失。今樂山張旭東先生覓得該書完整的再版本，同時搜得作者楊世才先生的後人楊澤平等人自印的《言子選輯》影印和文字釋讀的對照本。〔註 5〕由於該書印數極少，且沒有公開出版，其中提供的信息鮮為人知。本文根據張先生所藏的完整版本和後人楊澤平先生的自印本，以圖片作佐證，結合相關資料，對作者生平，及其與《言子選輯》相關信息和史料價值再作進一步的補充介紹。

本文係與張旭東先生合著

〔註 5〕楊澤平等編：《抗戰時期陪都重慶鄉土歷史文化讀物 言子選輯》1943 年，自印，2007 年。

艾蕪與郭沫若的君子之交

1992 年，艾蕪先生的生命已快要走到盡頭。9 月 16 日那天，他躺在四川省人民醫院的病房上，心情似乎很好。透過窗外，他注意到街上兩旁綠茵茵的樹葉，想起了郭沫若，他提起筆，寫下了一生中最後的文章《懷念郭沫若》。還在 1978 年，艾蕪剛聽到郭沫若逝世時，「彷彿遭到了七八級的地震，久久不能平靜。」他情不自禁地提起筆寫下了《你放下的筆，我們要勇敢地拿起來》的悼念之文，文章真切地描繪了郭沫若這位五四時期的文化「奶爸」給予他的精神營養。

還在上個世紀 20 年代，年輕的艾蕪和同學們就如饑似渴的讀郭沫若的新詩集《女神》，詩歌中那全新的太陽，那澎湃的大海，那死而復生的鳳凰，激發起他勇敢前進的信心。他年輕時之所以全心全意投入新文藝的潮流，一生從事文藝創作，正如艾蕪《你放下的筆，我們要勇敢地拿起來》一文中說的，「主要的原因之一，則是郭沫若同志領導的創造社引起來的。回憶二十年代，我在成都省立第一師範學校課外的讀物，幾乎百分之七、八十是《創造週報》《創造季刊》《創造月刊》以及《文化月刊》《洪水半月刊》等等。郭沫若同志的新詩，健康而又明朗，像民歌似的容易上口，尤其令人心醉」。〔註 1〕艾蕪也讀郭沫若翻譯的德國文學作品，歌德的《少年維特之煩惱》、施篤姆的《茵湖夢》惹起他們對青春的無限遐思。譯著中那種純粹的愛情，對大自然的敏感，給予他美的享受。這位喝著五四新文化乳汁長大的作家，郭沫若的詩性人生和作品給予了他樂觀向上，奮發有為、勇敢面對將來的前進動力。

〔註 1〕艾蕪；《你放下的筆，我們要勇敢地拿起來》，《艾蕪全集》第 13 卷（散文．詩歌．戲劇），四川文藝出版社，2014 年版，第 116 頁。

艾蕪最終從文藝的道路走向革命，郭沫若也是他的引路人之一。郭沫若在《洪水半月刊》上發表的《共產與共管》《馬克思進文廟》等文章，所翻譯馬克思的《政治經濟學批判》等，使艾蕪突破了狹隘的文藝圈子，引起他更新更美好的憧憬，向著更廣闊的天地探索。

艾蕪對郭沫若的崇敬是自然的，發自內心的，在悼念的文中他著重談了郭沫若對他一生的影響，而郭沫若對他作品的高度評價則在文中輕描淡寫，一筆帶過。他和郭沫若的交往是典型的君子之交。上個世紀 30 年代，任白戈同志去日本，把艾蕪的短篇小說集《南行記》帶給了逃亡中郭沫若。關於這一點，1986 年 9 月 2 日，艾蕪在《悼念任白戈同志》一文中作了具體的說明：

> 一九三五年夏天，我同沙汀住在青島。任白戈住在上海，特來青島看我們。說他將去日本進修日文，還要把我們出的書帶去送給郭沫若老前輩。郭老在日本寫過一篇散文，談到《南行記》中的一篇文章（發表在上海刊物《光明》上），就是任白戈推薦的。〔註 2〕

郭沫若不僅認真地讀了《南行記》，而且讀出了作品的新意。1936 年 6 月 2 日，郭沫若在日本的華文雜誌《質文》上以《癰》為題，發表一篇精美的散文，文章由翻看刊物發現廣告中的問題，非常幽默地引出「歷史小」的論題，並高度評介了艾蕪的《南行記》，他說：

> 我讀過艾蕪的《南行記》，這是一部滿有將來的書，我最喜歡《松嶺上》那篇中的一句名言，「同情和助力是應該放在年輕一代人身上的」。這句話深切地打動了我，使我始終不能忘記，這和「歷史小」這個理論恰恰相為表裏。

郭沫若和艾蕪這兩個四川同鄉，都曾是天下淪落人，都有過漂泊異鄉他國的經歷。但艾蕪的《南行記》與郭沫若《漂泊三部曲》的憤世嫉俗相比，多了幾分沉毅和堅韌，多了幾分對人對事的理解之同情，多了幾分勇敢前進的希望。作品中溢出的滿滿的正能量，給郭沫若留下深刻印象。所以，郭沫若不僅在《癰》中讚揚了這部作品，後來的雲南抗戰詩人彭桂萼寫信向郭沫若請教寫作之時，他回信還向這位邊疆詩人推薦了艾蕪的《南行記》：

> 邊疆的風土人情，正是絕好的文學資料。希望能有人以靜觀的態度，以有詩意的筆調寫出。艾蕪的《南行記》便以此而成功者也。

〔註 2〕艾蕪：《悼念任白戈同志》，《艾蕪全集》第 13 卷（散文 · 詩歌 · 戲劇），四川文藝出版社，2014 年版，第 154 頁。

雖是寥寥幾句，卻總結了艾蕪小說的特殊魅力：絕好的異域風情、沉靜從容的節奏、詩意蔥郁的筆調，這些都是郭沫若所欣賞、所推崇的風格。

郭沫若致彭桂萼的這封信大概寫於 1945 年，最早刊載在彭桂萼主辦的《警鐘》雜誌第 6 期中。但這個雜誌自 1938 年創刊，1945 年秋停刊，先後七年只出了六期刊物和四本叢書，每期的發行量除第一期上千冊外，其餘各期只有幾百冊。且由於是自辦發行，主要靠個人從雲南邊陲寄送，再加上處於戰爭年代，因此該刊絕少留存於世，人們也就很難讀到這封信。一直以來，艾蕪只知道郭沫若在《癰》這篇散文中對《南行記》的讚揚，並不知道後來郭沫若再次將《南行記》作為異域題材的成功範例推薦給彭氏兄弟。直至彭桂萼的胞弟彭桂蕊再次聯繫上艾蕪，並在信中告訴了他這件事，艾蕪才知道。1979 年 8 月由四川大學中文系編印的《中國當代文學研究資料．艾蕪專輯》摘錄了郭沫若給彭桂萼的這封信中對艾蕪的那一段評價。這封信全文的刊發則是在後來的《曲靖師範學院學報》2006 年第 1 期，後收入張汝德，劉紹彬評著：《萼香蕊實亦芬芳——文學名家給彭氏兄弟書簡評點》，（雲南民族出版社 2007 年版）。

對於彭桂萼、彭桂蕊兄弟倆，艾蕪並不陌生，早在 1939 年，他們就曾為探討文學創作有過通信。彭桂萼就讀於雲南省立第一中學。中學時代就寫了不少新詩，得到楚圖南和李生莊兩老師的讚揚。抗戰時期，時任雲南緬寧師範學校校長的他積極投入到抗戰的文藝宣傳中去，他寫有不少反映邊疆生活的詩文、文學論文、散文、小說等。從 1939 年冬起，彭桂蕊自辦並主編《警鐘》季刊，刊載了許多喚醒後方民眾起來反抗日本侵略者的作品，領導學生開展各種抗日宣傳活動。被中華文藝界抗敵協會昆明分會選為理事。他和國內文藝界的一些作家有廣泛的接觸和通訊聯繫，常常寄去自己的作品和自辦刊物，向國內文壇大腕們請教，其中有郭沫若、艾蕪、王亞平、臧克家、老舍、舒群、趙景深、聞一多、穆木天、孟十還等。這些名人也非常謙虛，熱心為他的詩歌作專文評價、寫序言、題字。彭桂蕊是彭桂萼的胞弟，也是文學愛好者，同時又是哥哥辦刊宣傳的得力助手。當年他也寫信給那些他崇拜的文化名人，艾蕪即是其中之一。1939 年，彭桂蕊先生就給艾蕪寄去他們的自辦刊物《警鐘》，希望能得到他們的指點。不負所望，艾蕪很快就回信，充分肯定和鼓勵了彭桂蕊的創作熱情。艾蕪的回信被彭氏兄弟以《開闢南國的文藝荒原》和《關於寫作的三個問題》為題，分別刊於《警鐘》的第 5 期和第 6

期。艾蕪還為彭桂蕊先生題寫《迎春橋頭》的書名。後來因世事變遷，他們中斷了書信聯繫。彭桂萼早已在 1952 年 5 月錯被當作「反革命」鎮壓槍斃了，彭桂蕊則艱難支撐到改革開放的新時期。

艾蕪接到彭桂蕊 1979 年的來信後，即回信。這封回信最初刊發於 1990 年 8 月彭桂蕊先生委託王儒昌整理編輯、由臨滄縣圖書館編印的內部資料《南鴻北雁（作家書簡）》中。《艾蕪全集》第 15 卷收入了這封信，全信如下：

桂蕊同志：

接來信，知道你的生活情形，希望仍努力工作，為人民服務。你提供的文學資料，很是難得。尤其是郭沫若給你哥哥的回信，提到《南行記》是我第一次聽見的，這很珍貴。這封信還在沒有？如在，好好保存，將來可交郭沫若文集出版委員會。

四川今年六月將舉行「郭沫若研究學術討論會」，在郭沫若家鄉樂山縣舉行，全國都有人參加，我也應邀參加，將於六月十日動身。發起的單位，即召集人，有四川大學，四川樂山地區、四川省樂山市。

關於文學方面的資料，尚望得提供一些。北京人民出版社出一內部刊物《新文學史料》（雙月刊）已出三期，即需有關作家的史料或作家本人的回憶錄，茅盾就在上面寫有他的自傳，還有別人寫的聞一多傳記。比如你哥哥收到的郭沫若的信，就可以抄錄一份，寄去發表。

祝你身體健康

艾蕪

1979 年 6 月 8 日於成都〔註 3〕

艾蕪這封信正好寫於被邀請參加「郭沫若研究學術討論會」的兩天前。這次會議是郭沫若逝世後一週年召開的大型學術研討會，正如信中所說，會議是由四川大學、樂山地區、樂山市（縣級）聯合主辦的一次盛會，會議地點在樂山大佛寺賓館。來自全國二十三個省、市、自治區的 130 多人出席了會議。會議召開了 7 天之久，其中一個重要議題是郭沫若全集的編輯出版問題。會上，吳伯蕭代表「郭沫若著作編輯委員會」，對編輯工作的設想及工作進程

〔註 3〕艾蕪：《致彭桂蕊》，《艾蕪全集》第 15 卷（書信）四川文藝出版社，2014 年版，第 201 頁。

作了介紹。「郭沫若著作編輯出版委員會」是中國科學院報請中共中央組織成立的。周揚任主任，共有 25 個編委（其中于立群、鄭伯奇、齊燕銘在召開第一次編委會之前就去世了，實際只有 23 個）。委員會在這次研討會前的 1978 年 10 月 27 日召開了第一次會議。顯然艾蕪事先早已知道「郭沫若著作編輯委員會」成立並開始工作的情況，所以在給彭桂蕊的回信中，建議他將郭沫若的信件「好好保存，將來可交郭沫若文集出版委員會」，或者寄給《新文學史料》發表。經歷時事磨難的艾蕪，對郭沫若兩次讚揚都沒有更多的回應，只是囑作者將此史料保存或發表。1979 年的「郭沫若研究學術討論會」名家薈萃，學者雲集。經過文革十年的禁錮，大家爭先恐後地發言，艾蕪動情地談到郭沫若對他一生的影響，即使是在遭到四人幫迫害期間，1968 至 1972 年被關押在昭覺寺臨時監獄四年之久，「每從牢裏出來，往往自然地想起並輕聲的誦讀郭老的《晨安》一詩」。〔註 4〕艾蕪在會上只是談郭沫若對他的影響，卻對於剛剛才獲知的郭沫若對他和《南行記》的讚語隻字未提，也沒有談及他與郭沫若的相識與相交。

其實，關於艾蕪和郭沫若之間，可回憶的場景很多，譬如抗戰初期，郭沫若剛剛從日本回國，當時正在上海的艾蕪就同左聯的負責人任白戈同志前去拜訪，那一夜，他們在一起談魯迅的《阿 Q 正傳》，談新文學的發展。郭沫若的年輕和生氣勃勃給他留下深刻印象。1937 年上海召開魯迅先生逝世一週年紀念會，他又親耳聆聽了郭沫若的重要的講話。後來他們又相遇在抗戰陪都重慶，1946 年 5 月 4 日，在重慶的「抗建堂」舉行了一次文學工作者的集會。那次會上有郭沫若的演講，也有艾蕪、楊晦等有關小說、理論等方面的工作報告。新中國成立後，在文聯的會議上，他們也經常相見。借會議的發言，艾蕪大可就他與郭沫若的關係暢所欲言，但他仍然只是談起郭沫若對他的人生影響。

充盈成熟的麥穗總是沉甸甸的低著頭。謙和、樸實的艾蕪先生就是這樣：他和文學前輩大家郭沫若的交往，正是君子之交淡如水。

〔註 4〕關辰：《郭沫若研究學術討論會簡介》，《四平師範學院學報》，1979 年第 3 期。

關於郭沫若與故鄉沙灣家事的訪談

採訪說明：2019 年 7 月 8 日，郭沫若在家鄉樂山的後輩親屬郭遠銘（郭開佐長孫）、郭遠慈、郭遠惠（郭開佐孫女）、郭遠祿（郭開文孫女）等人先後在樂山相聚，其中郭遠銘、郭遠祿年事已高，腿腳不便，兩位老人分別從西安和成都趕來，坐著輪椅，和郭遠慈、郭遠惠等人齊聚在樂山沙灣郭沫若故居，憶念他們兒時在郭家老宅生活的情形，我們在現場作了採訪。7 月 24 日，又在樂山郭遠惠的家中對郭遠銘、郭遠慈、郭遠惠進行了進一步的採訪。根據他們提供的線索，7 月 25 日又赴樂山五通橋區花鹽街對朱子棖先生（郭開文外孫）進行採訪。8 月 1 日，在沙灣文管所同志的協助下，又採訪到兩位百歲老人：郭沫若弟媳魏鳳英和堂侄女郭宗淑。最近分別向他們核實採訪內容時，獲知郭開文孫女郭遠祿女士剛剛離世，痛惜和感歎不已。現將幾次採訪的情況分述如下：

關於郭沫若的五哥郭開佐（胞兄）的生平點滴

問：遠銘老師，您祖父郭開佐是郭沫若的胞兄，關於他的情況，我們瞭解很少，能談談您祖父的生平情況嗎？

郭遠銘：我祖父郭開佐，字翊新，1888 年出生，是郭沫若的胞兄，按郭沫若祖父輩的大排行，郭沫若稱我祖父「五哥」。郭開佐先是就讀於成都武備學堂，後留學日本東京學習軍事，與後來的四川省主席王陵基（王芳舟）是同學。祖父原先在成都幹過一陣公差，在成都警察養成所任所長等職。因為社會混亂等原因，1913 年左右被曾祖父郭朝沛叫回沙灣老家，在老家經商做生意，開設「恒興元」號，用包穀烤酒、榨油、養豬、賣山貨等，實際上就是賣日常用品。

我出生於 1936 年 3 月。由於我是長房長孫，我母親魏庸芳 1939 年隨父親郭培謙一直在外，一直都是祖父（郭開佐）母帶著我。抗戰時期，貴州獨山失守後，已遷到西南大城市和二線城市的工礦企業又紛紛準備再繼續遷到山地。沙灣因為銅河（大渡河）交通便利，且又有水利資源、礦業資源很豐富，當時政府就有在沙灣開發水電站的想法。許多南遷而來的科學界、實業界人士都來找我祖父。記得有化工專家何熙曾，他是永利化工廠的工程師，曾在日本留學多年，可能是在日本期間與郭老相識。應該是郭老的介紹，他來找祖父，還帶著他的兒子何立。還有侯德榜（「侯氏制堿法」的發明者，中華人民共和國成立後曾任化工部副部長），是當時南遷到樂山五通橋老龍壩永利化學公司的負責人。這些實業界人士紛紛前來沙灣考察。他們到沙灣來我家找我祖父瞭解當地情況，有些是通過郭老的介紹，有些是慕名前來拜訪。

採訪說明：何熙曾，生於灌縣（現為都江堰市），長在瀘洲。1905 年赴日本留學。1908 年參加同盟會，辛亥革命期間，曾回國參加起義作戰，後回日本繼續完成學業，1915 年獲日本帝國大學工學士學位。1934 年，何熙曾為永利化工總程師兼原料部主任。抗戰時期隨永利化工遷川，常駐重慶。抗戰後期，何熙曾任四川金城銀行總經理顧問，以投資人身份在四川樂山所轄各地考察辦了 20 個工廠，其中有峨眉縣酒精廠、洪雅「大公鐵廠」等。郭遠銘提到在沙灣考察辦廠可能即在此時。

有個叫鄧立文的工程師，帶了 10 多個人到沙灣，在這兒辦紙廠，由樂山金城銀行的老闆作股東，鄧立文任廠長，我祖父將屬於「恒興元」的一座榨油坊送給他作紙廠用地。這個紙廠用二峨山的竹子造紙，生產的紙張質量上乘，對於緩解抗戰紙張供應起到很大作用。鄧立文和我家關係很密切，他的大兒子鄧光宏有病，犯病後就住在我家醫治。我祖父和叔祖父郭開運兩兄弟當時都在沙灣行醫，看病開方子都不收費。開運的藥方比較溫和，我祖父的藥方下藥較猛。我祖父在「當歸蘆薈丸」湯頭配方的基礎上斟酌用藥，治好了鄧光宏的神經病。

抗戰勝利後，鄧立文回老家江西。那時候，王陵基正在江西任省主席，祖父因為和王陵基是留日時期的同學，就寫了封信，希望他能幫助鄧立文找到合適的工作。但王陵基沒有回音，這讓我祖父很生氣。1946 年，樂山進行民國國大代表選舉，王陵基是候選人之一，他主動寫信給祖父，希望幫助他拉票助選，祖父沒有理睬。由於郭家與王陵基有故舊關係，再加王陵基的秘書詹汝言是沙灣人，1948 年中共樂山地下黨希望我父親郭培謙動員王陵基起義。讓我父親去做王陵基的策反工作，王陵基拒絕了，後來還抓我父親。我祖父說，王陵基怎麼會答應起義呢，他是出了名的屠夫啊。

抗戰時期那些實業界人士、專家的來訪，對我之後的人生選擇產生極大影響，讓我知道了水利發電是工業的基礎。讀中學後，知道列寧有個說法，叫共產主義等於蘇維埃政權加電氣化，於是立志要報考水利專業。填報志願時，全是水利系。雖然後來聽從中學校長的勸告，最終沒有去成水利系，而去了北京航空學院，但還是找了個清華水利系的老伴。（笑）

沙灣剛解放時，土匪活動很猖獗，沙灣第一任區長和第二任區長都曾到我家瞭解二峨山的情況。進二峨山剿匪時，我祖父還為解放軍帶路。因為我家的紅色政治背景，聽說土匪傳出話來，攻打沙灣有三個目標：一是沙灣鄉政府，二是郭開鑫家，三就是「恒興元」我們家。建國初期，祖父作為開明紳士的代表參加了樂山縣代表大會（政協會或人代會）。

採訪說明：郭開鑫，郭沫若堂弟。抗戰時期曾參加三廳總務科工作，1940 年回到沙灣老家。1949 年成為中共黨員，曾為沙灣和平解放和剿匪工作作出貢獻。（參見《不徇私情的郭沫若》，《沙灣文史》第 1 輯，1986；《解放初期沙灣剿匪紀實》，《沙灣文史》第 2 輯，1986。

我們的沙灣老家對傳統的禮儀活動很重視。每年春季和秋季豐收後，都要到天后宮和郭祠堂祭拜祖先。祭祀時，要供奉全豬全羊等。在天后宮是全部福建移民家族，在郭祠堂是郭姓人家，每次大概都有二三十個人，女士不能參加，男的按輩分依次燒香、磕頭。還有就是麼爺爺郭開運領頭，吟誦關於忠孝、家訓等傳統道德教育的詩詞頌文。平時每天早飯後，我祖父都要領著我去曾祖父那裡請安。

曾祖父郭朝沛去世，家裏的喪葬活動嚴格按照我們那一帶的祭奠儀式進行，辦了三天的流水席，任何人只要走到家中，都能吃上一頓飽飯。在社會貧窮的當時，那算是一種變相的施捨活動。

祖父資助了茶土寺和尚松泉（俗名雷松泉）上學。他是峨眉縣人，家裏很窮，五六歲就當了和尚，祖父常常給他錢，後來資助他上學，茶土寺也給了他部分資助。每次上學前，他都要來我家辭行。後來他上了大學，畢業後分配到雷波工作。

1962 年，我父親郭培謙因公犧牲，白髮人送黑髮人，對祖父打擊很大。那一年，我弟弟也因為膽道蛔蟲，被樂山專區醫院誤診，雖然後來送往成都川醫，最終還是去世了。本來我祖父憑他多年行醫的經驗，曾說他可以開些打蛔蟲的藥。家中連遭此變故，對我祖父精神上的打擊是致命的，就在第二年（1963 年），祖父就去世了。

關於黨籍問題與郭沫若的一次談話

郭遠銘：我去北京上大學時，第一次去北京找郭老家，用樂山話到處問「大院（wan）胡同 5 號」，大家都聽不懂。有個熱心人說，你乾脆把地址寫出來。我寫出來後，經指點才找到了郭老家。這一次去，于立群拿出一套乾淨的衣服，讓我洗澡後換上。郭老和我拉了家常，問沙灣的百歲坊、茶土寺還在不？聽說全都拆除後，他很感慨地說，那些都是沙灣的標誌性建築啊，太可惜了！郭老還問了我在學校的經濟資助情況，知道我們有生活補助費後，郭老每月給我五塊錢作零用。以後，我常常去郭老家。

關於郭老的黨籍問題，我問過他兩次。一次是 1956 年，我向郭沫若談起，說現在我們正在掀起向科學進軍的熱潮，好多人都說要向郭老學習，作一個黨外布爾什維克。郭老嚴肅地對我說：怎麼能向我學習呢，我的情況不一樣，你們年輕人，都應該積極爭取入黨，在黨的培養下，才能更快更好的成長。他鼓勵我積極創造條件，加入中國共產黨。于立群也插話說，你八公公（我們叫郭老「八公公」）的問題，只有等他「百年」後，你們才清楚。

還有一次是在文化大革命中。由於我夫人在清華大學水利系畢業後留校當老師。我因為生病，在清華大學養病，當時正在籌備召開黨的「九大」。在選代表的問題上，我聽當時的傳言，說是清華的造反派不同意選郭老當代表，理由是說郭老曾經脫黨。周總理做工作說，郭老的黨籍問題，中央知道，你們不要管，郭老當「九大」代表沒有問題。我帶著疑問去問郭老。他說，我的黨籍問題中央清楚，總理清楚，總理說的是對的，任何時候都應相信我們的黨組織。事實上，1938 年于立群入黨，郭老就是介紹人。

我認為，郭老一生，最令我佩服的就是為了黨和國家利益而忍辱負重。我記得曾祖父有家訓三條：一不能賭博，二不能抽大煙，三不要參加任何黨派。我家長輩基本遵守了三條家訓。他們沒有參加社會上的袍哥等組織，也沒有參加國民黨。郭老卻參加了中國共產黨，而且是黨在艱難的情況下，他公開反蔣，然後參加南昌起義，參加了中國共產黨。之後不論在什麼樣的情況下，忠於黨，忠於社會主義國家，忠於他所選擇的政治信仰。特別是 1937 年回國後，黨中央安排郭老以無黨派民主人士的身份，長期出現在我國的政治舞臺上，1958 年才以重新入黨的形式，公開他的黨員身份。他老人家遵守黨的紀律，忍辱負重，毫無怨言。現在卻有人攻擊他投機，見風使舵。真是讓人氣憤。

關於郭沫若原配夫人張瓊華上個世紀六十年代的北京之行

問：郭沫若的原配夫人張瓊華在上個世紀六十年代曾去過北京。當時情形是怎樣的，你父親郭培謙和母親魏庸芳，包括你們與張瓊華關係都很好，你們清楚嗎？

郭遠惠：張瓊華 1963 年到北京，回來後，母親魏庸芳帶我去看望了張瓊華，問她見到郭老沒有，她說沒見到，去外地出差了。我們又問她在北京住在哪兒，她說住在招待所。擺談中知道她去北京是我的五姨婆的二女兒（王畏岩先生的外孫女），我們叫「黃二孃」的人陪著一起去的。黃二孃當時在樂山嘉華水泥廠工作。她們先是住在我五姨婆的四女兒「黃四孃」（在北京石景山鋼鐵廠工作）家裏。在那裡住了一段時間後，就跟郭老家裏聯繫，秘書告訴她們說郭老在外地，隨後就把張瓊華安排在招待所住了一段時間。中科院辦公廳的一位女同志陪著她上街買了一些日常生活用品，如燈芯絨，鋁鍋，一些小的紀念品。她給我買了一個嵌有梅花的有機玻璃的髮夾，我很喜歡。有些傳言說張瓊華進了中南海，見到了周總理，周總理還給她寫了對子，這些都不是事實。

郭遠惠：周總理的與郭老的關係的確非常好，但社會上一些說法也很離譜。比如有一篇文章中說周總理親自主持了郭老與于立群的婚禮，還說當時參加人員有陽翰笙、田漢、馮乃超、洪深、尹伯修、張肩重等三廳同事八十多人，並說他與我父親郭培謙，還有郭老的堂侄郭崎東作為郭家代表參加了婚禮。這種說法完全不屬實。郭老在重慶三廳工作時期，我父母都在郭老身邊，如果有這麼一回事，父親和母親一定會有所回憶。但一直以來，我和遠銘、遠慈幾兄妹也從未聽他們說起過。這麼隆重的場面，而且有那麼多重要的當事者，應該有諸多回憶和記載，但我們也從未見到過其他人關於此事的任何說法，所以郭開鑫所謂「周總理親自主持郭沫若與于立群的婚禮」的說法是很不負責的。現在有些集子或者媒體不弄清楚事實就盲目轉載，久而久之，以訛傳訛，影響很不好。

採訪說明：郭開鑫《周恩來總理親自主持——郭沫若與于立群婚禮》一文最早刊載於《沙灣文史》第 1 輯，以後好些文章、著述、資料集都引用或收入了這篇文章，影響很廣。

郭遠銘（插話）：張瓊華從北京回去後二個月左右的時間，我去看望郭老。秘書王廷芳送我出來時說：張瓊華來過北京，郭老沒有見她，對她說郭老去外地出差了。中科院辦公廳的一位女同志陪著她去逛了下北京城，並問她需要買些什麼？她只買了一些日常生活用品。

郭遠慈：郭沫若每月寄給張瓊華的生活費由最初的 15 元增加到 30 元，由工作人員傅靜姝經辦。郭沫若去世後，我媽媽魏庸芳去北京參加了追悼會，會後向有關領導反映了張瓊華的近況。以後，張瓊華每月的生活費就由國務院機關事務管理局直接匯出。我們一直瞞著張瓊華，不讓她知道郭老去世了，直到兩年後她去世。

上世紀六十年代樂山文化館的黃高彬找到我媽媽魏庸芳，說他想去北京拜訪郭老，請她引薦。我媽媽寫了一封信，讓黃高彬帶著這封信去見郭老，郭老熱情地接待了他，並讓他帶回一些自己的書法作品和年輕時的老照片。以後黃高彬去北京好幾次，就跟郭老很熟悉了。1965 年春，黃高彬又想請郭老為樂山市圖書館題字，當時樂山縣文化館和圖書館是合在一起的。我在北京出差，就把這個請求告訴了郭老。郭老馬上揮毫題寫，我還幫著鋪紙。我帶著郭老的題字和郭老、于立群送的許多東西，不好趕公交車，郭老親自坐車把我送到北京火車站。（那時按中央規定，不是本人出行，是不能隨便使用公家配備的車的。）

關於《鷓鴣天——弔楊二妹》中的「楊二妹」

問，郭老抗戰時期曾回到沙灣老家，返回重慶後寫了一首《鷓鴣天——弔楊二妹》，表示對「楊二妹」的深情緬懷和悼念之情，詩中的「楊二妹」是誰？

郭遠惠：「楊二妹」是郭老的叔父郭朝沂的二女兒，郭老的堂妹，具體名字記不清楚了。因為她嫁給樂山最大的富商楊家，丈夫叫楊善夫，所以親鄰都叫「楊二妹」。楊善夫的父親有二兄弟，共十四個子女，都分別在樂山經營鹽業、布匹、金融、房產、造紙、輪船公司等工商業。樂山城裏的土橋街、學道街、九龍巷所包圍一大片街市，都是楊家的住宅和房產。楊善夫家 1938 年在樂山張公橋惠瑁街開有「興利」商號，主營布匹批發兼門市零售。郭老小時常和楊二妹一塊兒玩耍，感情很好。抗戰時期郭老回到樂山時，還住在楊二妹家。他們見面敘舊，回顧了兒時的美好時光。郭老返回重慶不久，楊二妹就因肺病去世了。郭老聞訊很悲痛，於是寫下了那首情深意長的舊體詩詞《鷓鴣天——弔楊二妹》

採訪說明：樂山楊氏家族於清代晚期崛起，1875 年由楊姓家族在樂山城東大街開辦商號「德興隆」，之後開枝散葉，生意愈來愈興隆，楊氏家族的工商業遍布樂山城乃至四川各地。「楊二妹」和丈夫楊善夫住在位於叮咚街與府街結合處的楊家老宅，這座宅子最後於本世紀初拆除。

關於「楊二妹」的情況，我們又採訪了郭開運（郭沫若胞弟）的夫人魏鳳英老人（98 歲，是與郭沫若同輩而現在唯一健在的老人）。根據魏鳳英老人提供的線索，在沙灣文物所的同志的協助下，我們費了一番周折，又尋訪到住在沙灣原姚河壩的「楊二妹」的侄女，已是 101 歲老人郭宗淑。因為丈夫為邱姓，親鄰們都習慣稱她為「邱二孃」。據「邱二孃」的兒子介紹，郭宗淑的父親郭開濟（郭維洲）是「楊二妹」的胞兄。在艱難的對話和問訊中，郭宗淑時不時地回憶起關於「楊二妹」的零星情況，下面是魏鳳英和郭宗淑兩位老人不太連貫的回憶：

魏鳳英：平時「楊二妹」和丈夫楊善夫找郭開運看病，時常回沙灣。郭老的父親郭朝沛病重，郭老回沙灣那次，他們兩口子專門來看郭老，郭老很高興，為他們題了詩，內容我想不起來了。

郭宗淑：你們所說的「楊二妹」是我的姑媽，我們叫她「楊二孃」。因為丈夫楊善夫在楊家排行為十，楊家晚輩又叫我姑媽為「十嬸」。她們家很有錢，開了好多商鋪。她沒有子女，收養了楊家八嫂的兒子。我姑媽還出錢供我們兩兄妹讀書，我在樂山先是讀三育小學，在中日戰爭時期（採訪中，郭宗淑老人將抗日戰爭稱為「中日戰爭」——整理者注），讀了武漢大學（武漢大學在抗戰時期西遷樂山）開辦的凌雲中學，最後是在省樂師（樂山師範學校）畢業。我哥哥郭宗豐讀武漢大學電機系，後來是攀枝花鋼鐵公司的高級工程師。我們兩兄妹讀書的學費、生活費都是由姑媽「楊二孃」供給。

關於郭老為堂侄郭峙東所寫的證明材料

問：關於郭老為郭峙東寫證明的這封書信，是怎麼一回事？（以下是郭沫若為郭峙東證明的手跡內容）

郭峙東是從一九三八年四月，同郭培謙一道，到武漢來參加抗日工作的。當時第二次國共合作，周恩來總理任總政治部副部長，我任第三廳廳長，管宣傳。郭峙東在第三廳會計股做過股員。一九四一年在重慶國民黨改組第三廳。郭峙東退職。他沒有參加過任何門派。

郭沫若

一九六六. 十一. 十三

郭遠惠：郭峙東是郭老的堂侄，他的爺爺是郭朝沛的胞兄郭朝瀛，父親是郭開俊（郭連生）。抗戰時期，郭峙東與我父親郭培謙一道去武漢找郭老，希望參加抗日工作，後來就留在郭老主持的三廳工作了。上個世紀 60 年代的「四清」運動中，有關部門要求郭峙東說清楚是怎麼從重慶回來的。峙東的女兒郭遠芳去問我媽媽魏庸芳（遠芳的三嬸）。那時我爸爸郭培謙已經因公犧牲，我媽媽說，這事你們去問郭老最清楚。於是他們就寫信問郭老，郭老回信清楚地回答了關於郭峙東在武漢和重慶的工作以及怎麼回來的問題。

關於郭沫若在文革時期為外侄甥（女）朱子棖、朱璧芝的題詞

受訪人：郭遠祿、朱子棖（郭沫若胞兄郭開文的外孫、郭開文長女郭琦之子）

郭遠祿：我是郭沫若大哥郭開文的孫女，我父親郭宗仁是郭開文唯一的兒子，1939 年曾祖父郭朝沛去世後不久，我父親也因病去世了。郭老與大哥郭開文有非常深厚的兄弟之情。郭開文去世後，郭老很悲痛，對郭開文的子女及孫輩也就特別憐惜。郭琦是我祖父郭開文的長女，她和郭老的年齡相差不大，只晚郭老 5 歲左右，又曾一起在郭家私塾念書，後來郭琦嫁到五通橋朱家後，時常回沙灣郭家看望郭老的父母及家人，與郭老的書信聯繫也較為密切。郭琦在五通橋經營鹽業，郭琦雖是女流之輩，在實業經營管理方面很有才幹，朱家的產業全靠她一手打理。她家比較富裕，抗戰時期，在經濟上對郭老應該是有所資助的，只是我不太瞭解內情。（以下是郭沫若寫給郭琦的書信手跡）

琦大姑娘：

九月十四日信接到，知你無恙，甚為欣慰。你要我為子棖、璧芝寫字，寫了，煩寄去。祝你健康。

八爸

七一.十二.九

問：子棖先生，想請您先談談你母親郭琦及你們家的基本情況。

朱子棖：我是郭沫若大哥郭開文的外孫，郭開文有三個女兒，一個兒子。我母親郭琦（1897～1985）是郭開文的長女，母親後來讀了成都女子師範學校。因為我母親是我外祖父的長女，外祖父對她格外看重，生前曾為我家題寫了對聯：

理學宗傳一瓣馨香藐南面

溪山奄畫五橋煙水似西湖

對聯用金粉將手跡雕刻在古漆刷過的木板上，掛在朱家老宅堂屋的大門口，直到「文革」時被砸。

母親郭琦和郭老的聯繫一直都很緊密。抗戰時期，郭老派人為母親塑了一尊真人大小半身石膏像，十分精緻、栩栩如生。母親甚為珍愛，讓人做了玻璃像框，放在堂屋茶几上。可惜在「文革」中被砸了。

採訪說明：關於為郭琦塑像的作者，經郭遠銘先生的回憶和郭平英女士的考證，應該是雕塑家王炳召。抗戰時期，郭沫若介紹王炳召由重慶來沙灣。在舊居的左廂房裏住了一段時間。他根據郭沫若的父母親郭朝沛和郭母杜夫人生前僅有的一兩張老照片，為其塑了半身浮雕像。之後，雕塑家又給郭沫若本人及他的幾位親人——五哥開佐、麼弟開運、四姐麟貞、大嫂胡佩蘭、大哥郭開文的長女郭琦分別作了立體的石膏胸像。

現在郭沫若紀念館展室裏陳列的郭沫若的胸像，就是王炳召作於抗戰時期的作品，他是在中國為郭沫若塑像的第一人，也應該就是當年應邀去沙灣的那位雕塑家。在中華人民共和國成立之初，王炳召在中央美術學院任教，是人民英雄紀念碑浮雕創作組的成員之一，承擔了《金田起義》的創作任務。（參見郭遠銘、郭遠祿、郭遠慈、郭遠惠共敘，郭平英綜合整理：《郭沫若家事雜敘》，《郭沫若學刊》2015 年第 3 期。）

母親所嫁的朱家是五通橋的鹽業世家。我父親一共四兄弟，朱孟卿、朱仲卿、朱叔卿、朱季卿，我父親朱叔卿，行三。二伯仲卿和我父親一直經營鹽灶。二伯家在牛華溪，有「和昌灶」等產業，我們家在金山寺有「義昌灶」。

父親抽大煙，不事管理，所有鹽業生產、銷售事宜全靠我母親。後來二伯家的「和昌灶」也交給母親管理，這樣我母親一共要管理十五口鍋。她事必躬親，把家業打理得井井有條，經濟上很寬裕。我大哥朱執桓據說原來在重慶跟著郭老工作。1939 年他陪著郭老回沙灣，陪著郭老出現在公共場合。那張沙灣父老為郭老送行的照片中，和郭老並排的就是我大哥朱執桓。他曾是中共重慶地下黨外圍組織的負責人。因為重慶地下黨組織被破壞，江姐等黨員被逮捕，為了保存實力，我大哥回到了五通橋，幫助母親經營鹽業。回來看到鹽業工人很苦，幹活時基本上不穿褲衩，大哥就拿出一筆錢，給他們每人發了一條褲衩，這引起了同行鹽主們的非議。

剛解放時，鹽業經營不好，母親忍痛變賣家產，堅持給工人發工資。我母親不僅經商很有才幹，在郭家也受到古典詩詞的方面的薰陶和訓練，90 歲還能背很多古典詩詞，像《琵琶行》這樣的長詩居然也能背誦下來。她因病逝世於 1985 年，我寫了一付輓聯悼念：「艱辛一世九旬終，輩輩敬仰；詩書禮賢恭儉讓，代代流芳」。

問：你們家有好多個兄弟姐妹，為什麼郭老只為你和璧芝兩兄妹題字呢？

朱子棖：因為我們眾兄妹中，我和妹妹璧芝兩人是黨員。五通橋解放，我剛讀到高中二年級那年，便考入西南軍政大學，在河北重點學習英語和朝鮮語，分配到二野 10 軍 30 師偵察連作戰地翻譯，準備入朝參加抗美援朝。後來因為種種原因，部隊沒有入朝參戰。1951 年，我調入海軍炮兵軍官預科學校，當語文教員，授少尉軍銜。1956、1957 年在南京教師進修學院學習中文。1957 年入黨，曾榮立三等功，海軍預科學校教學一等獎等榮譽。1958 年轉業，去北大荒。具體是黑龍江農墾局 850 農場，在農場組織部工作。1963 年調到樺南縣林業局任團委書記。曾在哈爾濱團校學習。1985 年退休回到五通橋。

我現在的住所是我大哥朱執桓的老房子，我母親郭琦長時期住在這裡。我 1933 年重陽節也出生在這所老宅子裏。我和母親住在一起的時間很短，晚年的她很想跟我們講講過去的事。但一提起往事，她就很傷感，忍不住掉眼淚，我們不忍她傷心，就沒有讓她再說下去。現在很遺憾，許多往事都埋在了她心裏。

文化大革命期間，郭老八十歲生日那年，母親希望郭老為我們題字，是為了勉勵我們以郭老為榜樣，努力上進。郭老果然按照母親的意願為我們題寫了毛主席語錄：「謙遜使人進步，驕傲使人落後。」然後寄給母親，讓母親轉交給我們，我們感到莫大的榮幸。在這幅題詞中，郭沫若錄了名。那個時候，中央有規定，中央領導人一律不能隨便題詞。郭老用這種方式，一方面以毛主席語錄鼓勵我們進步，同時也是遵守黨的紀律。這幅題詞我們一直珍藏到現在。

採訪說明：郭老在 1969 年 5 月 21 日在回覆郭開運信中曾提及：「你要我為你寫成對聯，我不便寫。因主席年前有指示：『我們不要題字』，我自文化大革命發動以來，便沒有為人寫字了。」

關於郭沫若長子郭和夫給郭沫若外侄甥朱子根的一封回信

問：你和郭老的長子郭和夫通信是在哪一年，為什麼想到要和郭和夫通信？

朱子根：大概在 1982 年左右。我從黑龍江大林場回家探親，母親和我拉家常，說起郭老與我外祖父郭開文的關係，她拿出 1939 年郭老回沙灣老家時書寫的懷念大哥的詩詩手跡，讓我跟郭沫若的長子郭和夫寫信報告一下我們的情況，以增進郭家晚輩之間的聯繫和瞭解。

連床風雨憶幽燕，踵涉東瀛廿有年。

粗得栽成蒙策後，愧無點滴報生前。

雄才拓落勞賓戲，至性情文軼述阡。〔註 1〕

手把遺口〔註 2〕思近事，一回雒誦一潸然！

長兄橙塢先生乙巳負笈日本時，有留別嫂氏詩五絕，嫂氏裝製成冊囑為題識。捧讀再四，思今感昔，不知涕之何從，率成一律，惜不得起伯氏於九泉為之斧政耳。廿八年夏曆十月廿二日，先兄逝世後第四次冥誕之晨。八弟沫若

母親告訴了我郭和夫的通信地址，我寄去了這首詩的手跡照和一封信，講述了一些我們家的近況。和夫回了我這封信。信的結尾提到這首詩中的有些詩句他不太懂，信的全部內容如下：

朱子根同志

您好！謝謝來信及亡父書跡的照片。

第一次知道您，在黑龍江林場工作。我沒有去過四川，更不知

〔註 1〕該句後有以下說明文字：「長兄有祭母文情辭悱惻，在歐陽之上。」
〔註 2〕疑為「篇」。

家鄉的情況，那些親戚。剛才看地圖，樺南在佳木斯的南邊，我是沒有去過，想可能是丘陵山地新植林的落葉松、白樺、紅松之類的二次三次林，可能提供坑木之類的林場。黑龍江我只去過哈爾濱和安達，夏天火車上看到的草原很吸引我，但工作忙沒有時間去草原。想北方的森林可能另外風景，品種單調但是很整齊莊嚴。

30多年前我回國時感覺山地都是光禿禿的，但現在還是進步不大，在大連聽本地人說這三十幾年還沒有恢復日本佔領時期的森林。每年植樹，但綠化幾乎沒有效果，報上常看森林破壞的消息。我個人看法是中國現代化有無希望要看兩個指標，第一個，普及義務教育像國外那樣水平，第二個指標，我們土地綠化達30～40%。能否達到這水平？能達到現代化才有基礎了。

我在大連三十年，一直（在）研究所工作，我愛人郭喜代也在一個單位圖書館工作。老母一起，87歲，精神還佳，但腰不好，不出外邊。只一個孩子，昂，28歲，今年吉林大學半導體畢業，分配到科學院。

我沒有中文的修養，寄來的詩篇有些不清楚。「蒙策後」，「至性情文軼述阡」，「歐陽之上」。

您信上提到您五哥朱懷章，我沒有記憶，也許見過？在哪裏工作？

以上想請教。

問全家好！

郭和夫

10/7

問：你這一生見到過郭老嗎？

朱子棖：1939年樂山被日軍轟炸，母親郭琦為躲避轟炸，帶著我回到沙灣老家。那一年郭老第一次返鄉。我當時6歲，具體情況現在記不清了。印象最深的是郭老把板凳當跨欄，很快地跑步越過板凳。他用這種方式，土法上馬鍛鍊身體，好像他還唱過一些戲曲，我們這些小朋友在一邊幫腔。

郭遠銘，郭遠慈、郭遠惠、郭遠祿、朱子棖等口述；陳俐整理採訪記錄已經本人審閱